Laura Lichtblau

Schwarzpulver

Laura Lichtblau

Schwarzpulver

Roman

C.H.Beck

1. Auflage. 2020
© Verlag C.H.Beck oHG, München 2020
www.chbeck.de
Satz: Gesetzt aus der Joanna MT bei Fotosatz Amann, Memmingen
Druck und Bindung: Druckerei C.H.Beck, Nördlingen
Umschlaggestaltung: Rothfos & Gabler, Hamburg
Umschlagabbildung: Collage mit Motiven von © Getty Images,
Busà Photography, Shutterstock sowie aus dem Archiv der Autorin
Gedruckt auf säurefreiem, alterungsbeständigem Papier
(hergestellt aus chlorfrei gebleichtem Zellstoff)
Printed in Germany
ISBN 978 3 406 75556 9

myclimate
klimaneutral produziert
wwwch.beck.de/nachhaltig

Burschi

<u>Die Wintersonne kippt ihr helles Licht über den Garten und alles gleißt auf; die Regentonne, die Schubkarre ganz hinten in der Ecke, die Rosenkugeln, die aus den Beeten ragen wie leuchtend bunte Kinderköpfe.</u>

Ich trete eine Spur in den Schneeharsch und hole so das Haus an die Straße heran. Es duckt sich hinter den Platanen und Kiefern in die Eiseskälte, hinein in eine Vergangenheit. Der Keller reicht weit hinunter in die Erde, der Dachfirst ragt himmelhoch auf, *Er kratzt am Firmament*, hat die Traudl gesagt und damit ganz gewaltig übertrieben.

Die Tür ist massiv, ich drücke sie mit beiden Händen auf. Auf dem ausgetretenen Kelimteppich im Flur liegt ein sehr kleines Heft, ich hebe es auf, da zerfällt es mir beinahe beim Blättern. Es ist ein alter Bauernkalender, vierfarbig koloriert; das Burgunderrot fließt über die Ränder der schwarz gedruckten Linien, das Tanngrün, das Karottenrot ist viel zu groß für die Symbole. Die Monde, Ähren, Heiligen im Anschnitt. Vermutlich hat die Traudl etwas vorgehabt, einen Budenzauber sondergleichen. Also stecke ich den Kalender ein und steige dann so leise wie möglich die Treppe hinauf, hinein in einen Stillstand. Die Reisefotografien klettern die Wände entlang wie wilder Wein,

Schwarz-Weiß-Aufnahmen von sonnenbeschienenen Tankstellen, die Traudl, die an einem Arm über einem Gebirgsbach baumelt, der Johann, wie er ein kleines, haariges Schwein küsst, Aquarelle, Tonmasken, Gebirgsketten als ein exaktes Panorama, mit schwarzem Fineliner gezeichnet.

Wenn ich meinen Mitbewohnerinnen erzähle, was ich hier mache, dann ziehen sie fast immer eine schräge Miene. Ich sage, *Ich bin die Gesellschafterin von Herrn und Frau März*, wie soll ich es auch anders nennen? Ich lese ihnen vor. Ich erzähle ihnen, was draußen vor sich geht, Prügeleien und andere Vorkommnisse, von der Dame im Pelzmantel, die den Obdachlosen bei der Ticketkontrolle in der Bahn zu sich zischt und die schützende Haube ihrer Monatskarte über ihn zieht, ihn rettet. Ich gieße die Pflanzen, die aus jeder Ecke ragen, sich an den Wänden entlangranken, die fadendünnen Fangarme nach dem nächsten Halt ausstrecken und so den Putz mit grünen Ornamenten überziehen; der Wintergarten ist ein anarchisches Gewächshaus geworden, in dem sich die Gurkenpflanzen und Myrtensträucher ineinander verworren und verknotet haben, sich umeinander winden, Hibiskus mit den Pfefferpflanzen Symbiosen eingeht, Korallenwein und Hanfpalmen sich gegenseitig beinahe verschlingen. Hier ist das Licht ganz brüchig, grün, wie sehr tief unter Wasser; es zerteilt den Raum in zerbrechliche Fragmente. So wie im Wintergarten hat es früher gerochen, wenn meine Mutter die Heukissen für die Feriengäste vorbereitet hat, und manchmal kriege ich ein damisches Heimweh von dem grünen Duft.

Die meiste Zeit über schleppe ich Erinnerungsstücke zu Frau März. Sie besieht den Zustand der Wüstenrose, der Tischtenniskellen, des aus Holz geschnitzten husarischen Reiters. Wenn Frau März mir einen Suchauftrag gibt, verlasse ich mich ganz auf mein Gespür, auf das leichte Stolpern irgendwo in mir; dann drücke ich die Klinke auf zu einem der Zimmer, in denen es staubt und flüstert. Zum Affenzimmer, dem Eieruhrensalon, der Streichholzschachtelkammer. Oh, Herr und Frau März waren sehr, sehr große Sammler. Nun geht Frau März nicht mehr. Und Herr März spricht nicht mehr. Und beide liegen in einem großen Zimmer, atmen sich gegenseitig die Luft weg und die Schimmelsporen und sterben nicht. Ihr Neffe Ludwig wird langsam sehr unruhig, *Das ist tatsächlich bares Geld!*, hat er einmal zu mir gesagt, als ich ganz frisch für ihn gearbeitet habe und er einen langen und viel zu ehrlichen Tag hatte. Denn das Haus ist schon verkauft, so gut wie, der Interessent rechnet damit, es innerhalb der nächsten zwei Jahre abreißen oder beziehen zu können, *Und das, was Traudl und Johann da noch treiben, das ist doch sowieso kein Leben mehr*, hat der Ludwig mir noch ehrlicher gesagt. *Das ist das Vegetieren eines Lauchs und einer Frühlingszwiebel, höchstens.* Aber woher soll er wissen, wie viel noch los ist in Traudls Kopf und auch in dem vom Johann; ganz sicher ist es noch genug, um sich im Leben zu verhaken. Manchmal steigt Frau März doch aus ihrem Bett. Sie schlägt die steife Decke beiseite und macht sich selbst auf die Suche nach dem gewünschten Objekt, aber sie findet es nicht, nie, findet den Weg nicht zurück, oder nur selten. Sie mottet sich ein in einer Kammer, liegt da und hofft eine gute Weile, dass jemand sie entdeckt. Dass es der Johann ist, das ist die eigentliche Hoffnung. Aber er kann nicht, und meistens bin ich es, die die Traudl findet, oder der Pfleger. Manchmal ist sie dann in einem schlechten Zustand, mürrisch, verkühlt, ich führe sie zurück in ihr Zimmer und sie schüttelt den Kopf, über sich selbst und die misslungene Rettung durch den Johann, der seelenruhig in seinem Bett liegt, den Blick zur Decke gewandt und den Schlafanzug halb aufgeknöpft. Von ihren Strapazen hat er keine Ahnung. Und

Frau März knöpft ihm den Schlafanzug wieder zu, vielleicht ein wenig gröber als nötig. Dann legt sie sich in ihr Bett, sie sieht mich an und sagt etwas wie, *Ich wusste doch, dass manche Leute nichts vom Schwinghangeln verstehen.* Frau März hat klare und unklare Momente, sie weiß, dass sie nur mehr ein wohlgelittener Gast in ihrem eigenen Haus ist. *Ein saublödes Gefühl*, hat sie mir irgendwann gesagt, als sie gerade echten Durchblick hatte.

Und jetzt stehe ich wieder vor ihrem Zimmer, ich öffne die Tür, ganz leise, und sehe den Johann im Bett liegen, er atmet mühsam und schwer, drückt einen kleinen Beutel mit roten Troddeln an seine Brust und seine Augenlider wehen auf, wehen ab. *Hallo Johann*, sage ich und schau zur Frau März, die hockt auf einer Fensterbank und sieht raus ins Freie. Die krumme Wirbelsäule zeichnet sich unter dem Stoff ihres Pyjamas ab, kleine knochige Höcker in einem Meer aus Stoff. Frau März wirkt konzentriert, als versuche sie, mit ihrem Blick etwas einzufangen, das durch den kalten Garten springt. Die Sonne scheint in ihren Schoß, ich leg den Bauernkalender sachte auf ihr Knie. *Um 12 Uhr sieht man in den Himmel hinein. Da sind die Geister auf der Umfuhr*, sagt sie. *Wer einen Sautrog ums Haus zieht, dem erscheint der Teufel. Dann kann er ihn fragen, wo der Schatz liegt.* Leise gehe ich aus dem Zimmer, Frau März spricht weiter, ihre Stimme klingt dringlich. Und dann beginne ich mit dem hinterrücksen Teil meiner Arbeit, ich sammle Dinge ein, die ich gebrauchen kann, denn es ist so: Ich verkaufe Stück für Stück ihren Hausstand. *Die Alten kriegen doch eh nichts mehr mit*, hat Ludwig mir gut zugeredet, als ich ihn misstrauisch angesehen habe, *Du hilfst ihnen und mir, das Haus zu entrümpeln, ein gutes Gefühl, ein freier Geist und Kohle – win-win, verstehst du?* Es ist eine Abmachung, und ich nutze sie, beinahe jedes Mal sammle ich etwas ein, aber es scheint mir manchmal so, als brächte ich dadurch das Leben der Märzens ins Wanken. Als zöge ich vielleicht einmal aus Versehen das entscheidende Steinchen aus dem schlingernden Konstrukt, sodass alles in sich zusammenfällt, der letzte Rest, der allerletzte Rahmen. Als hielte es nicht mehr, wenn zum Beispiel die kleinen Messingfische fehlen, Wandschmuck für die Küche, von Grünspan überzogen. Aber ich mache es trotzdem. Ich habe einen kleinen Internethandel ins Leben gerufen, das Geschäft floriert, weil die Kundinnen und Kunden die Patina mögen, den dunklen Geruch, der den Dingen anhaftet. Und der Handel treibt bunte Blüten auf meinem Konto, nur leider nie üppig genug: Sie verblühen schnell wie Pechnelken.

Ehe ich gehe, schaue ich noch mal nach Frau März. Nach der Traudl. Der Name will mir nicht so richtig aus dem Mund, er ist mir unangenehm wie eine Umarmung im Schlafanzug mit einer Fremden. Frau März steht jetzt am Fenster und schreibt sich eine Notiz auf den Arm, sie macht das schon recht lange so, *Denn alles andere verliere ich ja doch*, sagt sie. Frau März lässt den Arm sinken. Ich gehe auf sie zu und lese das Wort *Wilde Jagd* auf ihrer trockenen Haut, die blauen Buchstaben sind groß und locker wie ein Fußschlenkern.

Servus, Traudl, sage ich. Sie dreht sich um und sagt dann, *Grüß dich, Burschi*. Elisa nennt sie mich nie.

Charlie

Charlotte sagt, in ihrem Kopf werde ich immer gleich alt sein. Und ich weiß nur

eins, ich will raus aus diesem Kopf, denn die Aussicht hier drin ist gar nicht gut, zu viel Angst, zu viel rotes Haar in der Sicht, keine frische Luft, nie. Heute ist zum Beispiel der zweite Weihnachtsfeiertag, also gehen wir essen ins Lon Men, wir sind dort ohnehin jede Woche, es hat sich bewährt. Früher dachte ich, dass ich so etwas mit neunzehn längst schon nicht mehr machen würde, aber da dachte ich auch, wenn ich volljährig bin, ein ausgewachsener Mann und so weiter, da wohn ich längst in einer anderen Wohnung, in einem anderen Kiez, vielleicht sogar in einer anderen Klimazone, nix war's, wir hocken immer noch beide in der Waldkrugallee 23, keine Änderung in Sicht.

Weil Charlotte morgen schon im Morgengrauen einen Flieger besteigen muss, um über fette Wolken hinweg nach Wien zu entschweben und da einen Vortrag zum Thema Sicherheit in Straßenbahnen zu halten, treffen wir uns heute recht früh. Die große Frage ist, in welcher Verfassung sie gleich sein wird, ob sie mein Geschenk gut fand: ein Gutschein für eine Yogastunde. Die Beschreibung klang fragwürdig, aber alle anderen Kurse waren bereits ausgebucht, Ich bin eine Frau. Inspiriert, göttlich &

unbezwingbar, so stand es da, hoffentlich schreckt sie das nicht ab. Wahrscheinlich ist sie nur hingegangen, um mich nicht zu verletzen, gut vorbereitet in einem fliederfarbenen Zweiteiler.

Ich ziehe die Schublade meines Naturholzschrankes auf und merke, dass sie mir schon wieder zwei neue Wollpullover hineingelegt hat, noch mit Preisschild, und auch einen Stapel Unterhosen in verschiedenen gediegenen Tönen, unkommentierte Eindringlinge in meiner Garderobe. Ich sehe hinaus auf das verschneite Rosenbeet des Nachbarn, ich sehe hinüber zur Nachbarin, die hinter der Milchglasscheibe unsichtbare Gegner k.o. boxt, und kriege Lust, das Gleiche mit meiner Mutter zu tun. Dann greife ich nach einem der Pullover. Charlotte meint es nur gut, Rituale sind ihr wichtig, sie geben ihr Halt und sollen auch mir, sagt sie, das Gefühl von Geborgenheit vermitteln. Wir haben viele Rituale, die stapeln sich langsam so hoch wie die Pfandflaschen unter der Spüle, und keiner bringt sie weg.

Wenn wir zum großen All-You-Can-Eat-Abend ins *Lon Men* gehen, treffen wir uns grundsätzlich zeitig, wir wissen, wenn wir früh da sind, können wir neben dem Büfett sitzen, was einige Vorteile hat, besserer Überblick, kürzere Wege, wenn wir früh da sind, duften die Gerichte in den großen Blechbottichen noch ganz taufrisch. *Die Gäste machen sich über das Büfett her wie die Tiere*, findet Charlotte außerdem. Wenn sie dabei zusehen muss, vergeht ihr jeglicher Appetit, also sind wir früher da als die anderen – wer isst schon um 17 Uhr zu Abend? Wir. Charlotte hat ein Lieblingsbild von mir, darauf bin ich vier und stehe auf der Sommerterrasse des *Lon Men*. Ich trage ein blaues Kleid, sie hat mir mein Haar gestriegelt und mich vorher ordentlich in die Wangen gekniffen, damit sie noch rosiger leuchten, ich sehe aus wie ein Mädchen und über mir bauscht sich die orangegelbe Markise im warmen Sommerwind. Ich halte ein großes

Softeis in der Hand, ich sehe glücklich aus und scheine keine Ahnung zu haben, dass Charlotte mich an diesem Nachmittag bei allen als Mädchen ausgibt. Bei jeder Familienfeier holt sie das Bild raus und zeigt es rum, sie lacht, alle lachen und sagen, *Charlie wäre so ein niedliches Mädchen geworden!* Und die Chefin des Restaurants, Frau Zhou, nennt mich deswegen heute noch zärtlich *Xiǎo gū niáng*, das heißt so viel wie *kleines Fräulein*, ich weiß auch nicht, was ich davon halten soll.

Letztes Jahr zum Geburtstag war auch Tante Liese da, samt Onkel Gabriel natürlich, und als Charlotte aufgesprungen ist, um das Foto wieder einmal zu holen, habe ich ihr nachgerufen, ob sie denn nichts anderes zu tun hätte, als mich zu blamieren, ob das wirklich der einzige verdammte Spaß in ihrem traurigen Beamtinnenleben sei. Ich bin sehr laut geworden und außerdem ungerecht, als Präzisionsschützin führt sie ja nicht gerade ein eintöniges Leben, auch wenn sie mir oft genug erzählt hat, wie monoton das stundenlange Observieren der Plätze und Einkaufspassagen sein kann, wenn einfach nichts und nichts passiert. Und Charlotte war sehr still, als sie dann doch ohne Foto zurückkam, und es sah aus, als hätten ihre Locken jegliche Standkraft verloren, sie hingen ihr wie kümmerliche Luftschlangen ums Gesicht, ein trauriger Anblick war das, und ich hatte sofort ein extraordinär schlechtes Gewissen. Charlotte hat mit papierdünner Stimme gefragt, ob noch jemand zuckerfreien Pflaumenkuchen will, und niemand wollte. Onkel Gabriel hat rasch einen Witz zum Besten gegeben, *Treffen sich zwei Jäger im Wald, beide tot*, keiner hat gelacht. Später hat Charlotte geweint, und Tante Liese hat sie ein wenig unbeholfen in den runden, schweren Armen gehalten und sie an ihr mit silbernem Efeu bedrucktes T-Shirt gepresst, *Das meint doch der Junge nicht so*, hat sie gesagt, aber ich habe es so gemeint, wie denn sonst? Ich weiß nicht, ob Charlotte lieber ein Mädchen gehabt hätte und auch nicht, warum sie mir diesen Spitznamen gegeben hat, Charlie, Charlotte, vielleicht ist es echt besser, nicht zu viel darüber nachzudenken. Der Stand der Dinge ist jedenfalls der: Ich wohne zu Hause, ich mache ein Praktikum bei einem Musiklabel, Charlotte und ich halten eine Art Burgfrieden, unsere Wohnung hat drei Zimmer, und unser Pfefferstreuer ist geformt wie ein Gorilla. Wenn einer von uns zu viel bekommt, geht er auf den Balkon mit dem Glasvorbau und schreit in einen leeren Blumentopf hinein.

Aber wenn sie morgen ihren Plastikrollkoffer zugeklappt und sich die Fellmütze übergestülpt hat, die Fellmütze, die sie trägt und für die ich mich schäme, weil alle Leute vom Musiklabel das ganz unmöglich fänden, und weil ich mich sowieso für vieles schäme, für Dinge, die sie tut, für Dinge, die ich tue; wenn jedenfalls die Tür hinter ihr ins Schloss gefallen ist und ein erfrischender Luftzug von der Straße durchs Treppenhaus und durch den Briefschlitz geweht ist, dann werde ich erst einmal sehr laut die neue Single von *Kraftausdruck* aufdrehen und mitschreien, jede Zeile, *Es ist doch sowieso / nichts schmutziger als Money / drum klapp ich mir den Kragen hoch und zieh ne Line mit Ronny*. Und dann kaufe ich der Frau aus dem Internet ihr Straßenmusikerequipment ab, wir haben einen Deal gemacht, und ich weiß nicht genau, was zu dem Set gehört, aber ganz sicher ein Mikro, und ich hoffe, dieser erste Schritt löst dann eine Kettenreaktion extraordinärer, unerhörter Ereignisse aus, Berühmtheit zum Beispiel, einen Auszug von daheim, halt irgendetwas in der Art.

Charlotte

Ich liege auf einer Gummimatte. Sie klebt. Es riecht nach Weihrauch. Neben mir dehnt eine Frau ihre Hüfte, sie kugelt zur Seite, sie stöhnt. Es läuft sanfte Musik, Glöckchen, Sitar, aber

ich fühle mich nicht sanft. Die Menschen legen ihre Matten so sachte auf den Boden, als wären sie in Gefahr. Das sind sie aber nicht. Sie legen ihre Korkblöcke ab und ihre Gurte und Wasserflaschen, und wenn jemand auch nur Anstalten macht, nach einem Platz für seine Matte Ausschau zu halten, rücken alle augenblicklich beflissen zur Seite und nehmen ihn auf in ihren Kreis. Ich ahne, dass es eine einigermaßen dumme Idee war, hierherzukommen. Ich hätte eine leichte Beschädigung meiner Beziehung zu Charlie in Kauf nehmen müssen, ihm diplomatisch, aber entschieden sagen sollen, dass das hier gar nichts für mich ist, sondern für Himbeerbubis, schlimme Nulpen. Aber jetzt ist es zu spät.

Hier hinten in der Ecke ist es dämmrig, und ich schließe meine Augen. Ich bemühe mich um eine tiefe, geräuschlastige Atmung und einen klaren, einladenden Kopf. Aber die Füße der anderen patschen um meinen Schädel herum, die Haken klirren, krachen zu Boden, ich kann riechen, wer welches Deodorant trägt und wer die Haare nicht gewaschen hat. Irgendwann liegen endlich alle, platt wie Flundern. Wir schnaufen brav. Wir schweigen still. Wir schnaufen so lange, bis unser Lehrer vorne sagt, *Ich begrüße euch, alle zusammen, prima, dass ihr euch entschieden habt, heute eure ewige Strahlkraft zu wecken, eurer urweiblichen Seite mit Liebe und Achtsamkeit zu begegnen.*

Ich nicke mir selbst zu und beglückwünsche mich, auch wenn der Kurs eine Zumutung zu sein scheint. Da liege ich also dicht an dicht mit dreißig anderen Städtern, ich kenne sie nicht, und ich atme. Atme tiefer. Alle anderen setzen sich auf. Ich bleibe liegen, und ich habe Hunger, hoffentlich ist das nicht problematisch. Der Lehrer sagt, *Ich will euch kennenlernen.* Ich will niemanden kennenlernen, und ich will auch nicht kennengelernt werden. Wenn die anderen wüssten, womit ich meinen Tag verbracht habe, hätten sie auch keine Lust mehr darauf, garantiert.

Die Frau hinter mir weint. Jetzt schon? Ich setze mich auf, drehe mich um und schaue sie so kalt und strafend an, wie ich nur kann. *Reiß dich zusammen,* sagt ihr mein Blick, und ich weiß, der kann Leute einschüchtern und zum Weinen bringen. Selbst meine Kameraden.

Erst jetzt sehe ich, wie der Lehrer tatsächlich aussieht. Er ist ein großer, zäher, braun gebrannter Hering voller Muskeln. Die Augen hat er schwarz umrandet. Er trägt ein Oberteil mit dünnen Trägern und einen weißen Turban. Ich nicht. Eine Frau in der ersten Reihe schon. Ihre Nachbarin meldet sich, sie sagt, *Ich lag gestern auf dem Bett, ich habe an die Decke gesehen, da wo die Spinnweben wachsen und der Schimmel manchmal blüht, und auf einmal wuchsen mir Spiralen aus der Stirn, sie schwebten nach oben und glänzten in vielen Farben.* Sie dreht sich zu uns um, zuckt mit den Schultern. *So war es wirklich.*

Der Lehrer klatscht in die Hände. *Ich danke dir,* sagt er, *dass du diese Erfahrung mit uns geteilt hast. Du hattest eine Vision, und das ist ganz unglaublich.*

Die Frau hinter mir schluchzt auf. Wann machen wir endlich Sport? Viele andere erzählen ebenfalls von sich. Eine Teilnehmerin sagt, dass sie gestern Abend nicht mehr aufhören konnte zu weinen. Nicht, als sie in der Kletterhalle an bunten Plastikblöcken hängend eine Wand hinaufgeklettert ist. Nicht, als sie eine Dokumentation über einen Walnussverkäufer im Libanon angesehen hat, dessen größter Wunsch eine vegane Hochzeit war. Nicht, als sie ihrem Sohn einen Gutenachtkuss gegeben hat. Ihr Sohn hat sie angstvoll angesehen, da musste sie noch mehr weinen. Und ich werde ungeduldig. Vor Ungeduld habe ich begonnen, sehr schnell und viel zu atmen. Das merke ich erst, als mir schwindlig wird. An einem leichten Gefühl der Taubheit in den Armen. Aber ich fokussiere mich, so gut ich kann. Ich halte mir meine Wünsche vor Augen. Biss für die Reise. Kraft. Immerhin präsentiere ich ein radikales und konsequent bis zum bitteren Ende durchdachtes Sicherheitskonzept und werde das Publikum bestimmt erschüttern. Ich rechne mit heftigen Reaktionen. Ich mache es mir nicht leicht.

Lasst uns im Sitzen beginnen, sagt der Lehrer. Wir rudern mit den Armen, wir schnaufen, wir boxen die Luft, wir halten absurde Stellungen neun Minuten lang und singen dabei wirres Zeug. Zwischendurch ruft der Lehrer etwas wie *Ihr seid nah dran, so nah, so nah! – Woran denn bloß?*, frage ich meine Nachbarin pfiffig, doch die schaut nur ganz angestrengt nach vorne.

Wir springen mit ausgestreckten Armen in die Höhe, wir federn in den Knien und schlagen dreimal rhythmisch auf den Boden, wir schreien *har, har, har,* und *hari,* wenn wir wieder in die Luft springen. Der Lehrer sagt, *Lasst es raus, lasst es hinter euch, lasst es endlich los!* Ein paar Menschen stöhnen. Ich finde Loslassen keineswegs zielführend, wenn es Kontrollverlust bedeutet. Für eine Präzisionsschützin kann es nichts Schlimmeres geben. Ich stelle mir vor, wie ich auf dem Hoteldach stehe und die Kontrolle verliere, wie ich unkontrolliert in die falsche Richtung ballere, aufs falsche Weichziel, in falsche Körperteile, ich federe mit den Knien, und als ich *hari* schreie, hoffe ich tatsächlich, dass ich die Bilder wegschreien kann, aber es geht nicht. Bei jedem Atemzug beobachte ich mich erneut dabei, wie ich einen weiteren und ganz unverzeihlichen Fehler begehe.

Später sollen wir noch laufen wie Elefanten. Wir sollen mit durchgestreckten Beinen unsere Fußknöchel greifen und durch den Raum trampeln. Für so etwas zahlen die Leute hier Geld, das ist doch nicht zu fassen! Ich sehe fast nichts, nur Gummimatten, Parkettboden, verschwitzte Füße. Die Luft ist dick. Mehrfach rempeln Leute mich an, einmal verbrenne ich mich beinahe an dem bauchigen Metallofen in der Ecke. In ihm brennt ein gelbes Feuer, das sehe ich durch das Fenster und frage mich wirklich, wie es um den Brandschutz steht und ob ich diesen Laden vielleicht melden sollte. Danach sitzen wir vollkommen erschossen auf unseren Matten und sollen in unser drittes Auge atmen.

Vorn hat eine Frau ihr T-Shirt ausgezogen, sie sitzt im roten Büstenhalter vor dem Lehrer und heult ihn an, völlig enthemmt. Onkel Gabriel würde es hier ganz, ganz schlecht ertragen, das steht fest. *Ich habe etwas sehr Besonderes mit euch vor,* sagt jetzt der Lehrer. *Das ist nur möglich, weil wir mehr als zwölf Personen sind.* Wir sollen einen Kreis bilden und uns an den Händen nehmen. Der Lehrer sagt, dass die Rauhnächte eine besondere Zeit sind. Und die Rauhnächte sind jetzt, und sie sind, angeblich, undurchschaubar. *Während der Rauhnächte klopfen die Geister am Diesseits an,* sagt der Lehrer, *sie schweben über unseren Straßen. In dieser*

Zeit ist alles wandelbar. Nutzt ihre Energie. Er zündet ein Stück Holz an, es muss ein spezielles sein, denn ich fühle mich noch wirrer als zuvor. Vielleicht liegt das aber auch daran, dass der Lehrer immer weiter von den Rauhnächten erzählt. Die Frau neben mir greift meine Hand so fest, als hätte sie das Recht dazu. Ich sehe, wie der Lehrer eine weinende Kursteilnehmerin umarmt, und ich denke noch, dass es mit dieser verpäppelten Gesellschaft gewiss ein böses Ende nehmen wird. Und dann kippe ich einfach um.

Charlie

Ich sitze im China-Restaurant. Mit meiner Mutter. In mir

wirbelt es nur so herum und schon bin ich in der nächsten Nummer, der nächsten Kopfnummer, dabei redet Charlotte immer weiter auf mich ein, unaufhörlich, aber ich höre nicht mehr zu, und ich lasse die Goldfische und Kampffischmännchen und Zwergsaugwelse um ihren Kopf herumschwimmen, ich stelle mir vor, wie sie zum einen Ohr von Charlotte hineinschwimmen und dann durch das Labyrinth ihres Kopfes hindurchpaddeln, sie schlagen Loopings durch Charlottes verquere Gedanken, sie bleiben in den von ihren Sorgen zugeschütteten Gehirngängen stecken, sie schauen sich ihre aktuellen Ängste an, die da in allen Farben leuchten, sie lassen sich verschrecken, lassen sich verwundern, dann schwimmen sie zum anderen Ohr wieder hinaus. Und während ich mich so mit den Fischen treiben lasse, brandet Charlottes Stimme wie aus weiter Ferne in mein Ohr, *Wenn du wüsstest, was ich weiß, dann hättest du dich von den Rap-Chaoten ferngehalten, das ist kein seriöses Umfeld für ein Praktikum.* Ich sage, *Das sind keine Chaoten, ihr Label läuft gut, ich lerne viel bei ihnen, über Business, über Musik,* dann höre ich wieder weg und beiße in den knochenweißen Krabbenchip, der kracht im Mund wie gecrushtes Eis und löst sich auf wie eine Ahnung, gutes

Zeug. Auf meinem Teller sind noch mindestens zehn Stück, Charlotte trinkt gerade mindestens das vierte Glas Wein, sie sagt, dass sie das jetzt sehr dringend braucht, dass sie beim Yoga doch tatsächlich ohnmächtig geworden ist und da doch alle irre waren, dass sie froh ist, dass sie nie wieder hinmuss und es sehr übergriffig fand, dass der Lehrer ihr die Füße geknetet und gewalkt hat wie Mürbeteig und nicht von ihrer Seite gewichen ist, bis sie wieder aufstehen konnte. Ich habe natürlich ein extraordinär schlechtes Gewissen, aber zu spät, und der Plan, das Studio zu verklagen, hat meine Mutter immerhin vitalisiert, das ist doch besser als nichts. Charlotte gabelt den Bambus von ihrem Teller, hier wird er noch in Streifen geschnitten und kommt frisch aus der Dose, es ist der dritte Teller, den sie sich vom Vorspeisenbufett geholt hat. Und ich habe Kopfohrwürmer, Satzohrwürmer, die müsste ich jetzt direkt auf die Serviette kritzeln, aber dann würde ich sie dem Scheinwerferblick von Charlotte preisgeben, also speichere ich sie gedanklich ab und hebe sie auf, für später. Außerdem muss ich mich jetzt um sie kümmern, tatsächlich mache ich mir Sorgen; es ist sicher nicht gut, dass ihr das heute passiert ist, so kurz vor ihrer Reise. Aber meine Satzohrwürmer lassen sich nicht verstauen, sie knallen mir von innen gegens Trommelfell, und wenn das so weitergeht, dann beginne ich hier im Lon Men zu rappen, vor all den brummenden Senioren und all den Großfamilien in schimmerndem Nylonweiß. Die flitzenden Kellnerinnen mit den Schmetterlings-Haarspangen würden lachen und nicht hellauf begeistert sein; die Chefin wäre gerührt und sie würde mir über den Scheitel streicheln, *Xiǎo gū niáng, Xiǎo gū niáng*, und das kann ich jetzt wirklich nicht gebrauchen.

Charlotte redet weiter, sie sagt, *Observation des Anita-Augspurg-Platzes*, da hör ich wieder hin, sie sagt, *Hotelach des Best Eastern,* sie sagt, *Die Schichten starten gleich nach dem Kongress*, und in mir klappen die Klappen zu, machen dicht, denn am Anita-Augspurg-Platz, da mache ich mein Praktikum, welches Hotel sie meint, weiß ich auch, es ist ein bleistiftgrauer Neunzigerjahre-Kasten mit Rußspuren auf der Fassade und einem Schild neben dem Eingang, auf dem Input steht anstatt Entrance. Die blaue Leuchtschrift leuchtet auch nur noch sehr selten und meine Chefs Ante und Alf reißen immer Gags darüber, dass sie dort mal eine Nacht verbringen wollen, vielleicht zum Jahrestag des Labels.

Warum denn gerade da, frage ich, ist das Zufall? Kommst du deshalb, weil ich da Praktikum mache, Charlotte? – Nein, Charlie, Quatsch, also du hast Ideen ... Es gibt da neue Beschlüsse ... Da rausche ich schon wieder davon, rausche in meinen nächsten Film, der in dem Gemälde spielt, das über Charlotte hängt und einen glänzenden Wasserfall zeigt, der in ein Tal kippt und prasselt und aussieht, als flösse er wirklich, Special Effects. Und ich rausche auf einem Gummireifen in die Schlucht, während über mir die Kraniche gen Himmel steigen, in die violetten Wolken hinein. Wenn Charlotte doziert, dann steige ich immer aus, und außerdem: Sie würde mir ja sowieso nie sagen, wenn sie sich absichtlich an den Anita-Augspurg-Platz hätte versetzen lassen, nur um in meiner Nähe zu sein, nur um das Areal zu schützen, in dem ich arbeite. Sie würde tausend Gründe finden, logische, pragmatische, sie würde mir hochelegant ausweichen, wie immer. Charlotte misstraut meinen Chefs, die mich für sich arbeiten lassen, ohne zu zahlen, ich verstehe meine Mutter, ich verstehe auch die Chefs, *So ist das nun mal heutzutage, Charlotte*, habe ich ihr gesagt, und der Lohn für das unbezahlte Praktikum sind eben Erfahrung und Kontakte und das Gefühl, zu etwas Großem beizutragen, das Herzblut sprudelt und spritzt nur so aus all den

Projekten, den Videos, die Alf und Ante für Sozialdilemma und Hurengott produzieren, den Songs, die sie schreiben, aus ihrem Einsatz für die Welt, für eine bessere Welt. *Der eine kifft doch*, sagt Charlotte. Was soll ich sagen. Ich verabschiede mich von meinem Wasserfall, lasse die Luft aus meinem Gummireifen, es hilft ja nichts, Charlotte hat den kräutrigen Grasgeruch in meinem Haar gerochen, als ich ihr ihre tägliche Misteldosis in die Bauchdecke injiziert habe, was half es da, da habe ich eben gesagt, dass Fidan Tüten raucht, aber nicht, wie viele, nämlich jeden Tag fünf Stück, zu jedem Tagesabschnitt eine und dann noch eine für den Heimweg. *Fidan arbeitet aber nicht direkt beim Label*, sage ich jetzt, *er ist ein Freund des Hauses und illustriert die Plattencover, mach dir da keine Gedanken. Das Kiffen schadet ihm gar nicht, er bekommt dadurch nur rote Augen und einen Spieltrieb.* Charlotte zieht ihre orangefarbenen Augenbrauenstriche zusammen und greift nach der Teekanne, und während die jadefarbene Flüssigkeit höher und höher steigt in ihrer Tasse, sagt sie, *Wie, Spieltrieb, das klingt, als hätte er seine Impulse nicht im Griff*, ich lache und sage, *Nee, das heißt doch nur, dass er Alf boxt oder mit Ante tanzt oder mich Charlie Manson nennt, das ist gar nicht schlimm.* Charlotte atmet tief durch, *Bist du dir sicher, dass du ohne mich zurechtkommst, wenn ich in Wien bin, kleine Milchtüte?* (so nennt sie mich manchmal, ich hätte die Form einer Milchtüte, sagt sie, besonders mein Schatten), und ich schreie *Ja!*, weil sie auf keinen, auf gar gar gar keinen Fall hierbleiben soll, ein Stück Koriander fliegt mir aus dem Mund, ihr vor den Teller, die Kellnerin kommt, sie lächelt und räumt die fünf Porzellantellerchen ab, die sich zwischen uns stapeln, wenn Charlotte und ich zum All-You-Can-Eat-Büfett gehen, dann hauen wir immer richtig rein, ja, wir langen zu, als gäbe es kein Morgen. Wegen der Tellerstapel geniere ich mich immer ein bisschen vor der Kellnerin, aber Charlotte nicht, Charlotte findet: Dafür haben wir doch unsere elf Euro bezahlt, oder nicht? *Ja, Charlotte, logisch komme ich klar,* sage ich jetzt und stehe halb auf, *Ich hole mir noch Ente kross,* sage ich, *brauchst du auch noch was?*, und Charlotte sieht mich unglücklich an und sagt, *Der Graskonsum kann direkt in die Fixerstube führen, glaub ihnen ja nicht, wenn sie sagen: Ist alles halb so wild* ... Während ich mir am Büfett Gemüse mit dicker brauner Soße auf meinen Teller schöpfe und die Ente ertränke und noch ein paar Bambussprossen extra herausangle, denke ich, dass es ja sowieso schon zu spät ist, ich habe schon zwei Feierabendtüten mit Fidan vor der Tür geraucht, aber ich habe nichts gespürt, ich habe bloß so getan, als müsste ich mehr lachen als sonst, ich habe *Gutes Zeug* gesagt und hinterher mit Fidan seinen Spieltrieb weggespielt, und wir sind durchs Atelier gerannt und ich habe die Schreibtischlampe von Ante zu Boden gerissen, das fand er nicht so gut, als Praktikant sollte ich meine Grenzen kennen, ich weiß ja.

Wie machst du das denn mit den Mistelspritzen, wenn du in Wien bist?, frage ich Charlotte dann, als ich zurück am Tisch bin, *Wer setzt sie dir, wenn ich nicht da bin?* – *In Wien brauche ich keine Mistelspritzen*, sagt Charlotte. Das klingt geheimnisvoll, noch mehr, weil jetzt chinesische Lautenmusik gespielt wird, deren Noten vielsagend um uns herschweben, und weil sie hinzufügt, *Du weißt ja, dass du in Wien zur Welt gekommen bist.* Ich sehe sie an und sage, *Charlotte, ich bin noch nicht meschugge, klar weiß ich das, worauf willst du hinaus?*, und sie sagt, *Ich werde Urs treffen und alte Orte aus meiner Vergangenheit aufsuchen.* – *Und Jakob?*, frage ich, *Den natürlich nicht*, sagt sie und schüttelt missvergnügt den Kopf. Auf einmal bin ich furchtbar müde, so furchtbar, furchtbar resigniert, vielleicht liegt das an der krossen Ente, vielleicht an der Musik, die einen automatisch immer tiefer und tiefer in die roten Seidenpolster der Stühle sinken lässt, vielleicht liegt es auch daran, dass Charlotte ganz selbstverständlich den ehemals besten Freund meines Vaters treffen wird, aber meinen Vater nicht, oder daran, dass ich meinen Vater nicht kenne und vielleicht nie kennenlernen werde, jenen ominösen Kerl, der sein Philosophiestudium völlig abrupt abgebrochen hat, um auf dem Belüftungsschiff MS Habsburg anzuheuern und die Plötze, Barsche und Rapfen im Kanal vor dem Ersticken zu retten. Gleichzeitig hatte er einen Schmelz, der Männer und Frauen gleichermaßen in die Knie gezwungen hat, so geht die Legende, er soll ausgesehen haben wie Tadzio, Pan, ein griechischer Halbgott in den allerbesten Jahren, und von seinen Kiefermuskeln schwärmt Charlotte noch heute, sogar Tante Liese. Es stand nie zur Debatte, dass sich an der Situation mal was ändert, oder daran, dass ich ihn Jakob nenne und Charlotte auch und niemals *Papa* oder *Vater* und dass wir kein weiteres Wort über die Sache verlieren dürfen, weil ich sonst riskiere, dass Charlotte sich eine massive Verstimmung einfängt. Die wiederum würde sie Energie kosten, und die ist allentscheidend für sie und ihren Berufsalltag. Als Präzisionsschützin muss sie ruhig und ausgeglichen sein, stressresistent, belastbar und intelligent, sie hat mir oft genug erzählt, wie sehr man sie hinsichtlich ihrer psychischen Verfassung damals beim Eignungstest in die Mangel genommen hat. Seitdem hat Charlotte dauernd Angst, sie könnte ihre Eignung verlieren, und wenn ich ehrlich sein soll, habe ich sowieso nie kapiert, wie sie diesen Test überhaupt bestanden hat. Aber da sie sozusagen von Anfang an zu den *Bürgern für Sicherheit* gehört hat, muss sie um ihre Stellung wohl nicht fürchten. Als Charlotte zum ersten Mal bemerkt hat, dass es da ein Problem gibt, also mit der Energie und dem Lebenswillen, hat sie sich umgesehen, sie hat sich schlaugemacht bei allen möglichen Heilern und in der Fachliteratur. Die Heiler haben verschiedene Methoden vorgeschlagen, und meistens kam Charlotte lachend nach Hause, hat sich so fest an ihre blasse Stirn geschlagen, dass die Sommersprossen nur so auf die Dielen gerieselt sind, *Du wirst nicht glauben, Charlie, was der mir wieder andrehen wollte*, hat sie zahllose Male zu mir gesagt. Einer wollte ihr Pflaster auf verschiedene Körperteile kleben, sie lag auf einer sonnenbeschienenen Liege auf grobem Leinenstoff und konnte das Murmeln des Heilers im Nebenraum hören, er sprach die Informationen auf die Pflaster, drückte sie ihr dann mit warmen Händen auf die Haut und sagte, dass die heilenden Informationen so auf sie übergehen würden, das sei kein Hokuspokus, das sei einfach so, und Charlotte ließ sich in ein warmes Schläfchen hinübergleiten und glaubte daran, und als sie aufwachte und später an der Rezeption der Frau die Krankenkassenkarte reichte, war sie sich wieder ganz sicher, dass das alles nur *Bullshit* sei, wie sie sehr zornig sagte.

Charlotte ging zu einer anderen Frau, die sie kurz entschlossen mit einem Filzstift bemalte, ihr weißer Pagenkopf roch nach Alter und Grünkohl, Charlotte litt, mit jedem Zeichen mehr, das auf ihre Nase, ihr Schlüsselbein und ihren Knöchel geschrieben wurde, zu Hause schrubbte sie sich fluchend alles mit Kernseife wieder vom Leib, das Symbol im Nacken musste ich wegwischen, es war lila. Charlotte tat mir leid, scheinbar war das mit der Lösung für ihr Problem nicht so einfach, jetzt war sie schon seit Wochen krankgeschrieben, konnte nicht in der Zentrale der *Bürger für Sicherheit* erscheinen und beim Patrouillieren ihre überschüssige Energie loswerden, und außerdem war sie immer und immer zu Hause, das machte auch mich kirre, bereits nach vier Tagen: Kaum sperrte ich die Tür auf, da lauerte sie schon auf Geschichten von draußen, *Na, wie war's?*, brüllte sie mir aus der Küche zu, in der sie Spinat und Ingwer und anderes gräuliches Zeug entsaftete, *Erzähl mir alles!*, rief sie, kaum dass ich meine Schultasche abgestellt hatte, aber ich wollte gar nichts erzählen, ich wollte in mein Zimmer und Ideen für Rapsongs aufschreiben. Irgendwann aber stieß Charlotte auf Doktor Husemann, Doktor Husemann erklärte ihr, dass in ihr ein Schmerz säße, der ihr wie ein Parasit die Kraft zum Leben raubte, und Charlotte fand seinen Ansatz plausibel, einen Schmerz hatte sie wirklich in sich, er hieß Jakob und hatte jetzt viele Jahre Zeit gehabt, zu einem gewaltigen, Ehrfurcht gebietenden Mythos zu mutieren, der sich nie wieder erden ließ. Charlotte sah Herrn Doktor Husemann an und sagte *Ja*, und Herr Doktor Husemann erklärte ihr, dass Parasiten sich am besten mit Parasiten bekämpfen ließen, und da die Mistel in parasitärem Verhältnis zu dem Baum stünde, an dessen Zweigen sie wüchse, sollte sie sich täglich ein Extrakt davon in die Bauchdecke spritzen, wo es dann subkutan seine heilende Wirkung entfalten könne, *Ziemlich logisch*, fand Charlotte, nur, dass sie sich die Spritzen nicht selbst geben könne, davon werde ihr nämlich speiübel. Herr Doktor Husemann erkundigte sich, ob denn ein Ehemann das übernehmen könne, *Nein*, sagte Charlotte, *so etwas hatte ich noch nie. Es gibt aber einen grundsoliden Sohn im Haus.*

Tief in mir, irgendwo, steckt ein Satz fest, *Warum nimmst du mich nicht mit?*, aber ich kann ihn nicht sagen. *Ist das überhaupt rechtens, einen Praktikanten zwischen Weihnachten und Silvester arbeiten zu lassen?*, fragt Charlotte jetzt, *Das machst du selbst doch auch!*, sag ich zu ihr. Ich bin pampig, plötzlich furchtbar pampig, unsere Logik, unsere Tricks, die wir mein Leben lang angewandt haben, um nicht zugeben zu müssen, dass es seltsam ist, dass ich meinen Vater nie getroffen habe, gehen mir plötzlich so auf den Keks, *auf den Glückskeks*, denke ich wütend und knacke das Gebäckstück auf, das die Kellnerin neben meinen Teller gelegt hat, ich bin so sauer, dass ich Charlotte ihren gelungenen, friedlichen Abend im Lon Men überhaupt nicht mehr gönne. Ich scheiße auf ihren Energiehaushalt und ihre psychische Stabilität. Aus meinem Glückskeks fällt der Zettel mit dem Spruch, *Beginnen Sie eine Karriere als Rapstar, die Sterne stehen günstig, beginnen Sie, wenn Ihre Mutter in Wien ist, weit weg,* und ich falte diesen Zettel winzig klein, schiebe ihn in meine Tasche.

Burschi

<u>Der Tag ist garstig und grau, er hat einen schalen Atem und verheißt bis jetzt nichts Gutes. Die Menschen um mich</u>

herum gucken, als würden sie ihrem Gegenüber am liebsten die Nase abbeißen. Gespräche knurren sie nur mehr. Die Festtagsbeleuchtung hängt auf halbmast, man hat sie noch nicht abgenommen, aber jemand muss daran gerissen haben, denn der Weihnachtsstern ist jetzt halbiert. Alles wirkt ganz derangiert, verkatert nach den Feiertagen. Und ich halte die Pappschachtel in den Armen wie ein Kind, das ich vor großer Kälte schützen muss. Stehe vor einem Marktstand mit Gemüse und kalt gefrorenem Obst und warte auf den Jungen, der die Kiste, die ich unter *Straßenmusikerequipment* angeboten habe, ohne Wenn und Aber kaufen möchte. Der hat mich nicht gefragt, woraus das Equipment besteht, was gut ist: Vielleicht hätte die Mischung ihn vergrault, sie ist nämlich ein großer Schmarrn. Ich verkaufe ihm ein Mikro ohne Batterie, ein buntes, steinhartes Sitzpolster aus Indien, einen braunen Filzhut vom Johann, eine Thermoskanne aus Blech, einen Fitnessriegel, einen Notenständer, ein kleines Packerl mit Lametta. *Um zwei Uhr nachmittags bin ich am Platz, ich bringe das Geld mit, topp,* das waren seine Worte, aber er kommt nicht und kommt nicht, und ohne ihn kommt auch das Geld nicht. Langsam breitet sich in mir dieses träge, lauwarme Gefühl aus, das überkommt mich immer, wenn ich versetzt werde, so eine schwere Müdigkeit, ein Seufzen.

Da bauscht ein Windstoß die Zeltplane über dem Marktstand. Er bringt eine Frau ins Taumeln und ihre Beine sind dünn, beinah wie Stelzen, die tragen nicht gut. Und auch ich komme plötzlich ins Schlingern, aber das liegt nicht am Wind. Die Frau trägt ein Stirnband aus taubenblauem Strick und eine übergroße Skijacke mit einem leuchtend gelben Logo auf dem Rücken, so etwas hatten meine Schwester und ich als Kinder an, wenn wir auf Skiern den Hang hinabgerast sind. Ich starre die Frau immer weiter an; es ist fast so, als dürfte ich nichts an ihr verpassen. Kein Detail und keine Geste. Als wäre alles wichtig. Auf ihren Arm hat sie Gemüse geladen, knochigen, blassen Lauch, einen welken Salatkopf, Okraschoten, eine Melone, Dutzende von Winteräpfeln. Ich starre sie an und schaue zu, wie sie versucht, zusätzlich zu dem Gemüse noch einen Kaffeebecher zu balancieren und gleichzeitig den Gemüsehändler zu bezahlen, sie rupft Scheine aus der Jackentasche und steckt sie dann gleich wieder ein. Was macht sie da? Das Gesicht des Gemüsehändlers ragt oben aus dem dicken Strickschal hervor, es ist pflaumenrot vor Kälte. Er streckt die Hand aus, die kurzen Finger lugen blass aus den fingerlosen Handschuhen hervor, aber die Frau gibt ihm kein Geld. Und sie dreht sich nicht zu mir um, obwohl mein Blick in ihrem Nacken doch mittlerweile spürbar sein muss, wie eine warme Hand, die nach ihr greift.

Auf einmal entsteht ein kleiner Tumult, eine strudelartige Bewegung erfasst die Menschen, und so etwas passiert hier am Anita-Augspurg-Platz beinahe täglich. Es wird geklaut, Pärchen ziehen sich im Streit am Ohrläppchen, spucken sich an, Hausmänner prügeln sich um die duftenden, halb verdorbenen Gratisbananen, die die Händler ab 18 Uhr kistenweise verschenken. Fliegende Händlerinnen fliehen vor der Bürgerwehr, und die haut sich dann die Bahn mit den Schlagstöcken frei, während die Touristen Spalier stehen, applaudieren und filmen, was das Zeug hält. Tumulte, Randale, Krawalle, man weicht höchstens sportlich einer Faust aus, die ihr Ziel verfehlt hat. Ansonsten lässt man sich von seinem Pfad nicht abbringen. Aber der Tumult zieht seine Kreise um die Frau, und darum schaue ich hin. Ich schaue ganz genau hin.

Der Gemüsehändler mit dem roten Gesicht brüllt jetzt. Und die Frau in Skijacke schlägt den ersten Haken, sie rennt Schleifen um die einzelnen Auslagen, um die mit dem großen Mangoberg, um die mit dem Wald aus Basilikum und Koriander, sie läuft einen Slalom, wie die Barbara und ich ihn früher um die Skistöcke gefahren sind, die der Papa in den Schnee gerammt hat, damit wir es endlich, endlich lernen. Die Frau beginnt, mit Früchten nach dem Gemüsehändler zu werfen. Artischocken. Trauben. Und Zucchini. Und ich stehe da und zögere hin und her, was ich machen soll. Ich zerdenke jede Variante, bis ich sehe, dass jetzt auch der Gemüsehändler nach Geschossen greift. Er schleudert eine Tomate nach der Frau, die Hälfte einer Ananas, sie flucht und greift nach einer Melone, lässt sie dann zögernd wieder fallen. Und dann attackiert sie den Verkäufer mit kleineren Früchten, Pflaumen und Mandarinen, ein Geschoss nach dem anderen zerläuft an der Zeltwand des Marktstandes, an der zerfurchten Stirn des Verkäufers. Der Einkauf der Frau fällt auf den Asphalt, mit einem üppigen Platzen zerhaut es ihr alles. Und ich laufe hin. Ich knie mich neben sie und schaue ihr ins Gesicht. Und ich schaue ganz genau hin. Sie hat weiche Wangen, und an ihren Augenlidern kleben vertrocknete Reste von Wimperntusche. Ihre Augen sind zwei runde, glänzende Steine.

Warte, sage ich und klaube schnell ihre Äpfel auf, die einzelnen Salatblätter, auch wenn das eigentlich deppert ist. Sie nickt und flucht, wischt sich den Kaffee von der Skijacke, der perlt ab am Stoff. Ich sehe zum Gemüsehändler, der gerade zwei Gschaftlhubern von der Bürgerwehr ein Zeichen gibt, die sofort angestiefelt kommen und sich wichtige, allzeit bereite Blicke zuwerfen. Jetzt drücken sie die Rücken durch, sie streichen den Stoff ihrer violetten Uniformen glatt und marschieren auf die Frau zu. Die lacht die Bürgerwehrler an, hellauf. Sie rudert mit den Armen, hebt die Hände, *Ist ja schon gut*, ruft sie, *ist ja schon gut, du meine Güte …* Und das ist der Moment, in dem ich ihr restlos verfalle. Es ist ganz einfach. In der Ferne explodiert ein Knallkörper, und sie zuckt nicht einmal zusammen.

Der Bürgerwehrler packt sie am Arm, dreht ihn um, dreht ihn ihr auf den Rücken, drückt sie zu Boden.

He, rufe ich, *ist das denn wirklich, ehrlich nötig?*, aber er sieht mich nicht einmal an, seine Kompetenzen darf ich nicht mehr infrage stellen; seit die Bürgerwehr den Segen der Regierung hat, müssen wir sie respektieren, ansonsten gibt es Pfefferspray in die Augen, das hab ich alles schon erlebt.

Der Mann fixiert den Arm auf ihrem Rücken, zieht sie nach oben, und sie schaut kurz zu mir, nur einen Zeigerschlag lang. Und ich weiß, dass da etwas passiert, da ist etwas in der Luft zwischen uns, was ich nicht einmal zu hoffen gewagt habe, aber jetzt ist es zu spät. Und ich stehe da und mache nichts. Und ich helfe ihr nicht. Die Frau wirkt erstaunt, empört – so, als wären die Taktiken der Bürgerwehr ihr noch neu. Wie kann es sein, dass sie sie noch nicht kennt? Ich stehe weiter da, und in meinem Hals drückt und wirbelt es jetzt, als müsste ich etwas sagen und kann aber nicht. Gleich springt es mir aus meinem Mund. Gleich ist sie weg. Die Männer werden sie in einen kleinen Büroraum unter Tage bringen, sie werden sie auf einen schmalen Hocker setzen, der niedriger ist als die der anderen, ein Hocker, der immer kippelt, bei jeder Silbe mehr. Sie werden ihr Angst machen, ihre Personalien aufnehmen und ihr ein Bußgeld abknöpfen, ein hohes.

Und ich sehe mich die nächsten Tage immer um dieselbe Uhrzeit hier auf diesem Platz herumlungern und die Zeit krankenhausreif schlagen und warten und schauen, ob sie nicht doch noch mal erscheint.

Die Vorstellung deprimiert mich bis ins Unermessliche. Es gäbe bessere Versionen. Ich sollte zu ihr gehen und sie ihr vorschlagen. Ich könnte sagen, *Ich warte auf dich.* Ich könnte sagen, *Mach dir keine Sorgen, die Kerle tun dir nichts, auf Leute, die mit Früchten werfen, sind die doch gar nicht eingestellt.*

Irgendwas. Meine Güte. Aber ich sage nichts. Die Bürgerwehrler haben sie schon zu dem Aufzug gebracht, der direkt hinunter in ihr Büro fährt, so sagt man zumindest. Schau mich an, denke ich. Schau mich noch einmal an. Und dann dreht sie sich wirklich um, und wir starren uns in die Augen, maßlos neugierig oder auch einfach nur gierig oder furchtbar angetan, und vielleicht denkt ja auch sie, dass das hier ein Moment ist und eine Gelegenheit, die wir, so schade es auch ist, verstreichen lassen müssen.

Charlie

<u>Charlotte sagt,</u>

dass ich doch ruhig mal eine Gurke mit Salz essen soll, anstatt ein Bier zu trinken, dass das genauso viel Spaß macht und dass Bier ist wie Brot, nur ungesund. Aber es ist schwer, solche Ratschläge anzunehmen, wenn die Mutter nebenbei Cognac aus einem Kristallbecher trinkt und sich lautstark darüber ärgert, dass sie vorhin im Supermarkt nicht direkt zwei Flaschen davon mitgenommen hat. Außerdem hat Ante mir jetzt ein Bier angeboten, und wir trinken auf die Kunst und das Leben und nachträglich auf Weihnachten, obwohl es gerade erst Mittag ist. Ich sehe mich hier im Studio um, das sich gar nicht anmerken lässt, dass Heiligabend eben erst war, es sieht aus wie immer, der Stresspegel ist auch schon beinahe so hoch wie sonst, hinten in der Ecke sitzt Manuela vom *Amt für Staatsmoral*, sie trägt entspannt-elegante Freizeitkleidung, tippt und schlägt auf ihre Tasten und tut so, als wäre sie nicht da, um umso besser auf die Zwischentöne hören zu können, die nicht ganz vereinbar sind mit den Werten dieses Landes. Manuela ist jetzt zwei Wochen hier im Label, die Partei hat sie uns eingebrockt, nachdem jemand dem Staat einen Tipp gegeben hat, nur gut gemeint und nur, um auf Nummer sicher zu gehen, hat dieser Jemand den

Verdacht geäußert, das Label könne eine aufrührerische, revolutionäre Zelle sein, die staatsfeindliches Gedankengut über die Musikvideos in Umlauf bringt, und dann kam Manuela und prüfte Festplatte um Ordner um Datei, sie filzte den E-Mail-Verkehr und sämtliche Archive bis zur Erschöpfung, und zu Beginn waren alle mucksmäuschenstill, keiner traute sich, zu plaudern, Gags zu machen, aber wir haben uns doch schnell an sie gewöhnt – komisch, wie das immer so geht.

Das Bier schmeckt hervorragend, und als ich Ante sage, dass ich manchmal ein paar Zeilen rappe und notiere und versuche, selbst auch Songs zu schreiben, da drückt er mich an sich und sagt, *Ich war früher wie du, kleiner Charlie.* Das kann ich mir nur schwer vorstellen, denn Ante ist groß und dünn und sieht überhaupt nicht aus wie eine menschliche Milchtüte, er ist einfach nicht so kompakt und stabil angelegt wie ich. Außerdem glaube ich schon, dass man anders aufwächst, wenn die Mutter Präzisionsschützin ist, nur so eine Vermutung.

Ich sage, *Ante, ich glaube schon, dass man anders aufwächst, wenn die Mutter Präzisionsschützin ist,* und Ante haut mir auf die Schulter und sagt, *Ey, Charles Manson, übelst nicer Joke.* Es ist also mal wieder Zeit, eine knappe Zusammenfassung meines und Charlottes Lebens steht an, ich bringe es lieber gleich in einem Rutsch hinter mich, denn die Leute hören sowieso nie auf zu fragen, das kenne ich schon, ich kenne auch die wichtigsten Fragen. *Es ist kein Joke,* sage ich, *Sie hat aber noch nie jemanden erschossen, noch nicht, sie arbeitet nicht für die Polizei, sondern die Bürgerwehr.* Ante guckt mich schräg an, irgendwie ungläubig-entsetzt, und sofort habe ich Angst, dass er ein falsches Bild von mir bekommen könnte, so eine Mutter mit so einem Beruf wirft nicht das beste Licht auf mich.

Aus dem Augenwinkel erahne ich hinten im Raum eine Bewegung, ein leises Rumoren, Manuela rückt sich in Position, bestimmt hofft sie auf ein interessantes Gespräch, in dem wir uns endlich verplappern, und Ante rollt auf seinem Stuhl zum Kühlschrank und ratscht das nächste Bier aus dem Sixpack, er öffnet die Flasche mit seinen Zähnen und kippt sich die gelbe Flüssigkeit in den Rachen und zieht eine Grimasse, die ich sofort richtig verstehe, *Wir reden später*, heißt das nämlich, *Das muss die überhaupt nicht mitbekommen*. Super, sagt er laut, *die Bürgerwehr ist eine tolle Sache*, und ich sehe ihn unglücklich an, weil ich ihm sehr genau anhöre, wie zuwider ihm das alles ist, *Früher hat meine Mutter Keramik gemacht*, erkläre ich und weiß, das bringt jetzt auch nichts mehr, *aber sie ist sehr ängstlich, sie hat gern alles im Griff, außerdem war sie als Keramikerin unterfordert, Charlotte stellt sich gern neuen Herausforderungen*, aber in meinem Kopf höre ich nur *laberlaberlaberlaber*, und genau das ist es auch. Ich weiß ja, wie es wirklich war, Charlotte hat Panik gekriegt, *Ich fühle mich nicht mehr sicher, Charlie*, das hat sie mir Morgen um Morgen gesagt, und ihr Keramikladen lief mies bis gar nicht, die Vasen und Tassen staubten vor sich hin, es war kaum mit anzusehen, irgendwann hatte der Laden nur noch drei Tage pro Woche geöffnet, dann zwei, dann wurde ein Stand auf dem Flohmarkt daraus. Die Panik kam ganz sicher nicht nur von den tatsächlichen Gefahren auf den Straßen, denn ich habe mich immer sicher gefühlt, die Panik rührte eher daher, dass Charlotte nicht recht wusste, wie weiter. Sie begann, einen Haufen seltsamer Leute zu treffen, eine private Bürgerwehr zu gründen, das war schon mehr als genug, aber dann kam der Gesetzesentwurf, es ging ein Aufruf an die engagierten Bürger hinaus, und es bestand die Möglichkeit, eine verkürzte Ausbildung zum Präzisionsschützen auch ohne vorherige Polizeiausbildung zu machen, um sich aktiv an der Gefahrenabwehr zu beteiligen. Was für eine feine

Gelegenheit, dachten viele, so ganz ohne Umweg direkt an die Knarre, Hand anlegen, und los. Auch Charlotte war engagiert, *Das Gefühl einer schweren, glatten Pistole in der Hand ist extrem beruhigend*, sagte sie, und diese Information kam damals durchaus überraschend. Und erst als Manuela ihren Laptop zuklappt und fragt, ob wir jetzt auch dringend ein Stück Schokolade aus dem Spätkauf bräuchten, und ankündigt, dass sie jetzt welche holen geht und endlich weg ist, rücke ich näher zu Ante und ich sage, *Ich finde die Sache mit der Bürgerwehr und ihrer Schießerei auch richtig kritisch*, das klingt gut und so, als hätte ich meinen eigenen Kopf. Und ich habe die Sache ja auch kritisch gesehen, zuerst dachte ich, sie macht nur einen Scherz oder experimentiert herum, so wie mit den Heilern und dem Schnaps, aber sie hat die Ausbildung wirklich durchgezogen, *So ein Angebot kann man sich nicht entgehen lassen*, fand sie.

Als ich so alt war wie du, sagt Ante, *wäre das undenkbar gewesen*. Er sagt, *Es war sogar undenkbar, dass eines Tages eine solche Partei dieses Land regiert, dass alles so dermaßen kippen würde, hätte ich nie gedacht*. Er rülpst und ich sage *Prost*, weil mir auf die Schnelle nichts Welthaltiges einfällt, das ich erwidern könnte. Und dann trinkt Ante doch noch ein Bier und ich auch, und ich bin sagenhaft froh, dass ich trotz meiner fragwürdigen Mutter weiter willkommen bin, das ist nach dem zweiten Gratisbier doch offensichtlich. Aber dann sehe ich auf die Uhr, ich hab meinen Termin mit der Frau verpasst, die mir mein Equipment und damit mein Ticket in die Zukunft verkaufen soll, und ich rufe *Shit*, so wie Alf das immer tut, und Ante freut sich, *Endlich machst du dich mal locker, Charlston*, sagt er, aber das bringt mir jetzt auch nichts mehr.

Charlotte

<u>Die Konferenz, zu der die Bürgerwehr mich geschickt hat,</u>

findet hinter geschlossenen Türen statt. Ich weiß immer noch nicht, warum der Vorstand mich ausgewählt hat, ob es da einen Haken gibt. Aber das ist ja dummes Zeug, der Gedanke ist nicht zielführend, also entsorge ich ihn in meinem Magen, da wird er zersetzt. Man nimmt mir den roten Mantel ab, den ich mir noch rasch in einem vietnamesischen Eckladen gekauft habe und der mir auf jeden Fall Format verleiht, und nickt mir ehrerbietig zu. Der Eingang glänzt, der Speckstein zu meinen Füßen, die Lichter, die Zähne des Portiers. Man deutet auf gewundene, spiegelglatte Treppen, und ich steige Stufe um Stufe hinauf, ich versuche, mein drittes Auge zu spüren, da ist immer noch nichts. Irgendwie glaube ich langsam wirklich nicht mehr daran; so ein Firlefanz, der keinem weiterhilft. In dem Knick, den die Treppe schon sehr bald sehr scharf schlägt, bleibe ich stehen und schüttle mir ein paar Kügelchen Nux vomica in den feuchten Handteller. Cognac ist heute nicht zielführend, zumindest nicht vor meinem Vortrag. Ich lasse die Kügelchen vorschriftsmäßig auf meiner Zunge zergehen. Ich halte mir vor Augen, was gleich passieren wird, aber das misslingt, ich weiß es nämlich gar nicht richtig. Meine Kollegin und ich haben eine Präsentation vorbereitet, mit der wir den österreichischen Kollegen erklären werden, wie es in Deutschland dazu kam, dass die Bürgerwehr seit einiger Zeit auch bewaffnet für Sicherheit auf den öffentlichen Plätzen sorgen darf. Wir werden ihnen das Modell schmackhaft machen wie ein feines Süppchen aus Giersch, diesem vollkommen unterschätzten Unkraut. Wir werden aber auch erklären, welche Verantwortung und was für aufwendige Ausbildungsverfahren damit einhergehen, welche Entbehrungen und so weiter und so fort. An dieser Stelle werde ich mich persönlich auch einmal räuspern.

Zu Hause hat man uns gesagt, dass es sein kann, dass wir für unseren Standpunkt angefeindet werden. Dass unsere österreichischen Freunde uns zwar in vielen Punkten voraus sein mögen, was ihre Regierungsformen angeht, dass sie aber in Sachen Straßenschutz nicht ganz so visionär gestimmt sind wie die Deutschen. Dass es gemischte Reaktionen, Buhrufe und freche Beschimpfungen, aber auch Applaus und Bewunderung für unsere gewagten Ansichten geben kann. *Haltet die Politik da lieber raus*, hat man uns auch gesagt. Dabei wäre es ohne die Politik und die Partei, die uns damals ermuntert hat, weiterzumachen, und sich dann so beherzt für uns eingesetzt hat, ja nie so weit gekommen. Alles ging Hand in Hand, und einige ursprüngliche Mitstreiter sind in diesem Zuge auch abgesprungen. *Wir können uns nicht mit den Werten dieser Leute identifizieren*, haben sie gesagt und nicht verstanden, dass da, wo gehobelt wird, eben auch dicke Späne fallen. Sie haben nicht begriffen, dass man sich sehr wohl starkmachen kann für sichere Straßen und Recht und Kontrolle, ohne alles zu unterschreiben, was die Partei so von sich gibt. Selbst mir wird manchmal der Nacken steif, wenn ich von neuen, haarsträubenden Beschlüssen erfahre, aber ich kann guten Gewissens sagen, dass sich das Ausmaß damals nicht abschätzen ließ, oder vielleicht doch, aber vielleicht wollte ich einfach nichts abschätzen, denn dann wäre ja alles schrecklich kompliziert geworden. Und dass mir das mit der Keramik furchtbar zum Hals heraushing, wird jeder verstehen, der auch nur einmal versucht hat, seine komplexen Gefühlslandschaften in Form einer Seifenschale auszudrücken.

Einmal atme ich noch sehr tief ein. Tief zwischen meine Schlüsselbeine. Und dann trete ich in den Flur. *Har, har, har, hari.* Meine Schritte sind unhörbar, der Teppich dick und weich wie Kuchenteig. An einem der Stehtische, die unter schneeweißen Decken verschwinden, steht ein großer, krummer Mann, der mir entgegenschaut. Der Schatzmeister der Partei. Er wolle mich kennenlernen, so schrieb er, er selbst wolle zwar keinen Vortrag halten, uns *aber gern ein bisschen auf die Finger (sc)hauen*, so hat er das in einer E-Mail formuliert und noch ein ;) dahintergesetzt. Kurz werde ich nostalgisch, ich denke an die Anfänge unserer Bürgerwehr zurück, ich betrachte mich selbst in warmem, liebevollem Licht und nehme zur Kenntnis, wie weit ich es gebracht habe. Ich erinnere mich an den Abend, an dem wir uns zum ersten Mal bei einem schönen Racletteessen zusammengesetzt haben, Bernd, Christof, Linda und wie sie auch alle hießen. Wir hatten uns übers Internet gefunden, allesamt unruhig und besorgt, Christof, weil jemand völlig enthemmt in seinen Vorgarten uriniert hatte, Linda, weil sie vermehrt kleine, längliche Blättchen in ihrer Straße gefunden hatte, die sie das Allerschlimmste vermuten ließen, und ich, weil Charlie sich weigerte, von mir zur Schule begleitet zu werden, seit er zwölf geworden war, und man doch so viel von den Gangs hörte, die mit MDMA kontaminierte Tattoos verteilten, die die Jugendlichen dann anlecken und auf die

Haut drücken sollten; so wurden sie im Handumdrehen drogenabhängig und landeten beinahe ohne Umweg auf der Abschussrampe der Gesellschaft. Bernd hatte verschiedene Sorgen, aber sein größtes Problem war rückblickend wohl die Langeweile. Wir saßen in seinem Wohnzimmer. Wir versanken in seinen hafergrauen Sesseln. Wir brainstormten heftig. Zwischendurch schichteten wir Glaszwiebeln, Gürkchen und Schmelzkäse in unsere Pfannen. Natürlich achtete ich darauf, dass mir nichts anbrannte – ich wollte mir von diesem Abend eine Perspektive mitnehmen, kein Krebsrisiko. Wir warfen auch mit Ideen um uns. Eine flog aus dem Fenster, direkt einem Einbrecher auf den Kopf, der sich gerade am Garagentor zu schaffen machte, zumindest klang das, was durchs Fenster drang, ganz schwer danach.

Die Kleinkriminellen schliefen nun einmal nie. Ein Beweis mehr, den wir gar nicht gebraucht hätten. Das Gefühl der Bedrohung bestärkte uns nur weiter in unserem Anliegen. Genau wie heute beim Kongress blieb auch damals die Politik draußen vor der Tür. Wir verstanden uns in unserer Angst, und das genügte.

Die Erinnerung an diesen Abend hat mich beruhigt. Ich gehe jetzt direkt auf den Schatzmeister zu, ich trage mein Lächeln vor mir her und nicke ihm zu, als ich am Tisch angelangt bin. Der Mann sieht mich irritiert an, also sage ich, *Ich bin Charlotte Venus, wir haben, glaube ich, E-Mail-Verkehr gehabt.* Kurz geht eine seltsame, wellenartige Bewegung über das Gesicht des Mannes, die sich dann in seinem Adamsapfel verfängt. *Frau Venus*, sagt er dann, *Es freut mich. Sie sind gut vorbereitet?* Ich nicke und klopfe auf meine große Handtasche. *Was denken Sie denn?*, sage ich.

Eine junge Frau kommt vorbei, sie trägt ein spiegelndes

Tablett auf drei sehr muskulösen Fingern, auf dem Wassergläser und Weißweingläser aneinanderklirren.

    Das trifft sich sehr gut. Ich greife nach dem Weißwein, weiß, dass alles ganz geschmeidig laufen wird.

Charlie

<u>Wieder so ein Tag in der Werkstatt, im Label,</u>

an dem Ante mir die Welt erklären will, während der Schneeregen an die hohen Fensterscheiben schlägt, absackt, sich unten an der Kante breitmacht; während mir die Füße einschlafen und das Heizungsrohr knackt und ich überlege, dass ich bald rausmuss, um Elisa aus dem Internet noch mal zu treffen, und dass das heute wirklich klappen muss. Und bei Antes Erklärungen kommt nicht so viel rum, nur irgendetwas über Unverträglichkeit und Milchverzicht und den Ausgleich durch Nüsse und Beeren, und dann schaut er raus aus dem Fenster und seufzt. *Schon wieder leer*, sagt er und zeigt auf seinen Kaffeebecher, *Magst du mir einen holen, Charlie Brown?* Ich will ihm sagen, dass ich überhaupt gar keinen Kaffee holen möchte, und dass kein anderer Schüler aus meiner Klasse zwischen Weihnachten und Silvester zum Praktikum erscheinen muss und auch niemand je am Wochenende arbeitet, aber da hat er mir schon ein paar hosentaschenwarme Münzen in die Hand gedrückt, und ich schlucke meinen Trotz mal schnell runter, weil Ante sich jetzt mit beiden Zeigefingern die Schläfen massiert und mich müde durch seine blauschwarz gerahmte Brille ansieht – bestimmt ist sie sehr schwer, die Last auf seinen schmalen Schultern. Außerdem weiß ich, dass er mir das beste Praktikumszeugnis der Welt schreiben wird, und zwar einfach deswegen, weil ich seine Bedürfnisse kenne und ihn verstehe und für ihn jedem Schneesturm trotze, wenn er das so will.

Alf rollt auf seinem Schreibtischstuhl zu mir, den Laptop auf dem Schoß, eigentlich bewegen wir uns meistens nur rollend durchs Büro und stehen bloß auf, wenn es mal wirklich, wirklich nötig ist; und jetzt schlagen wir unsere Fäuste aneinander, unsere Begrüßung hier im Büro, was ich sehr cool und lässig finde, so ein eigenes kleines Ritual. Überhaupt ist Alf ein richtig korrekter, entspannter Typ, der im Büro fast immer nur Socken trägt und keine Schuhe, die Socken sind bunt und gepunktet und passen selten zusammen, was ich ebenfalls cool und lässig finde, es ist ein echtes *Fuck off* an die Modediktatur da draußen, so hat er mir das mal erklärt. *Na, Charlie Laberkopp, alles klar?*, fragt er und prangert gleichzeitig tippenderweise ein paar Missstände im Netz an, kommentiert Kommentare, legt sich an und diskutiert und sieht dabei so versunken aus, so weltvergessen, dass ich ganz sicher weiß, er wird mich sowieso nicht hören, nicht wirklich jedenfalls.

Und ich sage, *Jo, läuft alles, Mann*, und Ante ruft, *Ey, Alf, denkst du, Pseudoluchs ist gestern Nacht noch gut nach Haus gekommen?*, und da höre ich kurz genauer hin, denn Pseudoluchs ist eine fantastische Rapperin, deren Gesicht ich gar nicht kenne, weil sie bei Auftritten stets eine Maske trägt, genau genommen war sie mit ein Grund dafür, dass ich mich bei Alf und Ante beworben habe, denn sie steht bei ihnen unter Vertrag und ihre Songs hauen mich regelmäßig weg. Und Alf sagt, *Ich hab sie höchstpersönlich heimgebracht*, und ich tue so, als hätte ich nichts gehört, aber irgendwie frage ich mich doch, warum sie nie Bescheid geben, wenn sie abends ausgehen, einfach mal sagen, komm mit, lern all die Leute kennen, und sei es auch nur ein einziges Mal; tun sie nicht immer so, als wären wir richtig gute Freunde? Aber ich sage nichts, ich lache nur an den richtigen Stellen, als Alf erzählt, dass sie bei Pseudoluchs spontan noch gekocht haben, und dass es lang ging, und dann dieses *lang* so lange in der Luft hängen lässt, dass das alles bedeuten kann.

Ich rolle rückwärts mit meinem Drehstuhl an die Wand, schnappe mir den Anorak von dem Nagel, *Willst du auch Kaffee?*, frage ich Manuela, denn was soll's, irgendwie müssen wir uns mit ihr arrangieren, aber sie lacht nur und sagt, *Nein, ich bin doch sowieso immer so hibbelig bei euch*. Ich gehe zur Tür und stemme sie auf, ich stemme mich gegen den Ostwind, gegen den feinen, nasskalten Schnee. Und dann knallt die Tür hinter mir zu mit einer Wucht, und es haut mir das Kleingeld aus der offenen Jackentasche, ein klirrendes Blitzen auf dem dunklen Teer des Innenhofs.

Der Stand von *Milch & Freude* steht mitten auf dem Anita-Augspurg-Platz, gleich neben dem Treffpunkt zur Equipmentübergabe und einem großen Stand mit Obst und Gemüse, dessen Besitzer ein blaues, angeschwollenes Auge hat, ich suche den Platz ab nach einer Frau mit einer Kiste im Arm, kann aber nichts ausmachen, vielleicht kommt sie gar nicht. Ich stelle mich also an, mein Fuß wippelt ungeduldig, und der Schnee fällt mir kalt in den Nacken, während der Kaffeeverkäufer jede Bohne einzeln zertrümmert, mahlt und rasch beküsst, ehe er sie in den Siebträger kippt. Kurz lege ich den Kopf zurück und sehe durch das Schneegewirbel hinauf zu den Scharfschützen oben auf dem Hoteldach, zwei dunkle, alarmbereite Schatten, ich kenne die Kleidung, die sie tragen, eigentlich hängt sie jede Woche nass und schlapp wie eine gestrandete Qualle auf unserem Wäscheständer, ein Fremdkörper neben meinen Pullovern und den bunten Kleidern von Charlotte, und ich kriege ein mulmiges Gefühl von diesem Anblick, von der Vorstellung, dass Charlotte schon bald dort oben lauern wird. Ein Mann läuft an mir vorbei, er hat skilange Raketen unter den Arm geklemmt und sieht sehr selig aus. Charlotte hasst Silvester, *Es ist mir zuwider*, sagt sie, *diese ausgestellte Fröhlichkeit*, und dann schnaubt sie so verkühlt, als wäre ihr das alles ein Rätsel, also Dinge wie Spaß, Vergnügen oder gar Exzess. Wahrscheinlich feiern wir zu Hause, sie und ich, vielleicht kommt auch Moni vorbei, ihre Freundin von der Bürgerwehr. Moni hat kurzes Haar und ein Selbstbewusstsein, sie ist praktisch veranlagt und schwärmt auch beim Essen gern mal von der sensationellen Durchschlagkraft ihrer Dienstwaffe. Außerdem heitert ihre Anwesenheit Charlotte auf, manchmal tanzt sie sogar Kuchipudi, direkt am Fenster, das ist ein indischer Tanz, bei dem auch gehopst und gesprungen werden darf. Charlotte feiert gern daheim, *Der Schnappes ist hier gut gekühlt und auch viel billiger*, sagt sie, und wo sie recht hat, hat sie recht. Wahrscheinlich gibt es ein Tischfeuerwerk, Knallbonbons und flambierte Bananen, und wenn es gut läuft, kann ich nach Mitternacht noch in *Die Tonne* gehen, so nennen wir den Fahrradschuppen von Tonis Mutter, in dem wir uns immer treffen, und in dem es alles gibt, was man so braucht: Campingstühle, Bier und ein geklautes Ortsschild aus Tonis Heimatdorf. Ich hoffe nur, dass Alf und Ante mich nicht fragen, was ich dieses Jahr zu Silvester vorhabe, aber das ist sowieso unwahrscheinlich, für mein Leben interessieren sie sich nämlich nur so peripher. Das klingt jetzt irgendwie bitter, aber ich bemühe mich, das nicht gar so düster zu sehen und dankbar zu sein für diese Chance, ich versuche, das unbezahlte Praktikum als unbezahlbare Erfahrung anzuerkennen, immerhin hat Alf mal gesagt, dass ich für mein Alter sehr zielstrebig bin, das war, als ich ein komplettes Wochenende dafür verwendet habe, das neue Video für Pseudoluchs zu schneiden.

Der Kaffeeverkäufer fragt nach meinen Wünschen, und da entdecke ich sie. Direkt neben der Säule steht eine windgebeutelte Frau, sie hat kurzes Haar, die Spitzen blond gefärbt, sie trägt einen übergroßen olivgrünen Parka und einen unordentlich geknoteten omarosa Schal um den Hals, auf dem die Schneeflocken sich stapeln bis ans Kinn. Die Kiste hat sie mit Klebeband verpappt, ich hebe die Hand und winke ihr zu, sie erkennt mich sofort, *easy*.

Burschi

<u>Und jetzt stehe ich immer noch auf dem Platz. Das Set ist</u>

verkauft, ich bin um fünfzehn Euro reicher. Der Schnee ist kaum liegen geblieben, bedeckt nur hauchdünn die glatte Eisschicht, in die der Rollsplitt sich schon eingefräst hat, der Schmutz und die Spuren der Stadt. Ich hätte längst gehen können, aber ich bin immer noch hier, und plötzlich höre ich ein Heulen. Ein Wolfsheulen.

Zuletzt hatte ich ein solches Heulen gehört, als ich noch ein Kind war. Ich saß mit meiner Familie vor dem Fernseher, gut eingestrickt in die warme Wolle der Oma. Jedes Jahr schenkte sie uns zu Weihnachten Pullover, die wir nicht hinterfragen durften und in deren dicker Wolle uns die Arme starr zur Seite standen wie Zwetschgenmanderln.

In der Stube war es zum Aus-der-Haut-Schlüpfen warm, die Kacheln des Ofens glühten so heiß, dass ich, auf der Ofenbank sitzend, vorsichtig Distanz hielt. Die Wirbelsäule durchgebogen, damit ich mich nicht doch verbrannte. Der Fernseher beschallte uns mit Liebesgeschichten aus der Großstadt. Die Mama häkelte Eierwärmer für die Wintersportgäste, die Wollfäden zogen sich durch ihre Finger, immer wieder fuhr die

Häkelnadel im selben Takt durchs Garn, es gab ein leichtes Sausen in der Luft, wenn die Nadel ausholte. Der Papa lag auf der Ofenbank, noch in der Stallkluft, und las in der Zeitung. Meine Schwester Barbara klemmte in dem Hochstühlchen vom Alois, keine Ahnung, wie sie da mit ihren dreizehn Jahren noch reinpasste, der lange Zopf baumelte über ihrem violetten Glitzerpullover, und wie sie es schaffte, ein Schlüsselband zu knüpfen und sich gleichzeitig auf die keuschen Liebschaften der Serienfiguren zu konzentrieren, das war mir ein Rätsel. Über dem Ofen hingen an Haken unsere schneenassen Hosen, die frisch gewaschenen Windeln vom Alois, die Luft war feucht. Meine Familie rückte mir zu dicht auf den Pelz, und ich erhob mich mit schweren Knien von der Bank. Ich musste mich hier rausschaffen.

Es war schon dunkel, als ich vor die Tür trat. Auf der Terrasse stand ich da, sah ins Tal, sah in den kalten, schwarzen Himmel, auf dem die Sterne kreideweiß standen. Ich hatte mir die Jacke umgeworfen und einen Schal umgeknotet, ohne recht zu wissen, wohin, mit zwölf Jahren zog man nicht einfach abends los in die Berge, auch wenn meine Eltern uns immer schon frei umherstreunen lassen hatten. *A bisserl wie Stallkatzen*, so hatte meine Mutter das einem Gast mal beschrieben, und das war mir peinlich gewesen, ich wusste selbst nicht so genau, wieso. Mit dem Zeigefinger kratzte ich Eis vom Holzgeländer. Es schob sich mir kalt unter die Fingernägel, vielleicht war's auch ein Spreißel. Ich reckte den Hals und horchte. Letzte Woche hatte der Tierarzt dem Papa erzählt, dass ein Wolfsrudel durch den Wald zog, seitdem fiel es mir nachts schwer, einzuschlafen, ich stellte mir vor, wie die Wölfe klammheimlich und auf leisen Pfoten am Zimmer von der Barbara und mir vorbeischlichen, hineinsahen, wie wir da ahnungslos schnaufend im Doppelbett lagen, schlafende weiche Berge, die sich keiner Gefahr bewusst waren. Ich stellte mir vor, dass die Wölfe sich mit kaum hörbaren Lauten verständigten und überlegten, wann und wie sie zuschlagen sollten, welche von uns die fettere Beute sei (ich) und so weiter. Und dass die Barbara und ich nichts, aber auch rein gar nichts davon mitbekamen. Der Papa hatte gesagt, dass Wölfe überaus menschenscheu seien und wahrscheinlich schreiend davonstürmen würden, wenn die Barbara und ich ihnen zu nahe kämen, er hatte herzlich gelacht und gesagt, dass wir wirklich die ärgsten Zwiderwurzen seien, die ihm jemals begegnet waren. Aber das hatte nichts geholfen. Ich konnte trotzdem nachts spüren, wie sie ums Haus schlichen. Und überhaupt: Schrien Wölfe?

Ich betrachtete die mondbeschienene Schneedecke auf dem leicht abschüssigen Hang, sah hinüber zu dem umzäunten Gemüsegarten und bemerkte die kleinen Spuren, die den Hang hinabführten. Wäre ich schon erwachsen gewesen, hätte ich mir jetzt vielleicht eine Zigarette angezündet, so stellte ich mir das mit dem Rauchen jedenfalls vor. Aber ich war ein Kind, und ich war so neugierig, dass die Barbara ihr Tagebuch schon längst an einem geheimen Ort versteckte und mir kein Wort mehr von all den Xavers und Pauls und Maxis erzählte, in die sie sich verliebte und denen sie mit bonbonfarbenen Aufklebern verzierte Liebesbriefe schrieb. Ich hatte sie allesamt gelesen, heimlich, in der Kammer kauernd, in der der Papa die Skier unterstellte und in der es nach Kühen roch und nach Heu. Wenn ich ganz ehrlich sein sollte, hasste ich meine Schwester die meiste Zeit über. Sie hatte eine Zahnspange, bei der sie sich sogar die Farben der Bracketgummis hatte aussuchen können, sie hatte beinahe schon Brüste und eine kräftige Stimme, sie hatte hüftlanges rotblondes Haar und trug einen Pony, zum

Rundbogen geföhnt. Ich wiederum sah aus wie ein schlecht gelauntes Christkind, rote Wangen, klebrige Locken um die Ohren, immer zwei Kaugummis gleichzeitig im Mund, damit der Geschmack nach giftiger Himbeere länger anhielt. Ich hasste sie, weil sie stark war und ich wehleidig, weich, immer am Heulen, wenn Barbara mich wieder mal kräftig in den Arm gezwickt hatte, *Das macht mir Spaß*, sagte sie, *du fühlst dich an wie Schweinespeck*. Einmal im Jahr kam die Familie März aus Ringdolfing, um Ferien zu machen, und dann war die Emerenz da, und ich hatte eine echte Kampfgenossin, das war gut. Dann lasen wir Barbaras Liebesbriefe zusammen, wir lachten uns tot und zitierten sie später ausgiebig. Stundenlang heulte ich ihr die Ohren voll. Malte ihr mein Martyrium in den wildesten Farben aus, die die Berge zu bieten hatten, enzianblau, wiesengrün, habichtskrautgelb, kummerrot. Ganz so schlimm war die Barbara ja gar nicht, aber je weniger die Emerenz sie mochte, desto mehr hatte ich sie für mich, einfache Rechnung. Einmal, da waren wir noch klein, hoben wir eine Grube aus, bedeckten sie mit dünnen Zweigen und Heu, da sollte die Barbara hineinstürzen wie in eine Bärenfalle und mir so nie wieder auf den Geist gehen. Noch ehe wir aber die Tarnung vollendet hatten, rief die Mama uns zum Mittagessen, es gab Pfannkuchen mit Nutella, und ich war froh, dass ich den Plan verwerfen konnte, eine tote Barbara war eben doch auch eine komische Vorstellung.

Wenn die Emerenz wieder weg war, schmeichelte ich mich bei der Barbara ein, ich hörte mir die Geschichten von den Philipps und Benedikts geduldig an und brachte ihr ihre angemufften Galoschen, wenn sie kalte Füße hatte, was half es, wir teilten uns ein mit Teppichboden ausgelegtes Zimmer, wir schliefen unter demselben müden, gekreuzigten Jesus, aßen aus derselben Chipstüte, die wir unter unserem Bett versteckt hatten, was half es. Wäre die Barbara nicht mehr da, wär's auch nicht besser gewesen. Überhaupt war ich kein sonniges Kind. Das wusste ich schon jetzt mit zwölf Jahren. Ich mochte aussehen wie ein Rauschgoldengel, aber meine Sicht auf die Dinge war pechschwarz.

Und während also an jenem Abend die ganze Familie vor dem Fernseher saß, ließ mich die Neugier einen Fuß vor den anderen setzen. Ich ging die Steinstufen der Terrasse hinab, schaute auf die angestrahlten Kreuze, die weit fort aus den finsteren Hängen ragten. In dieser kohlenschwarzen Dunkelheit sah's aus, als schwebten sie im Himmel. Die Oma hatte früher gesagt, das wären die Tore ins Jenseits; zum lieben Gott, den Engeln, den Geistern, und noch immer glaubte ich es kurz, wenn ich die Kreuze sah. Unten angelangt tastete ich auf dem Brennholzstapel unter der Brüstung nach der Taschenlampe, die der Papa hier aufbewahrte. Fluchend klaubte ich sie von der Schneedecke auf, die von einer dünnen Eiskruste überzogen war. Sie gab nach bei jedem Schritt, den ich Richtung Gemüsegarten tat, ein leises Krachen in der Nacht. Kurz drehte ich mich um, sah hoch zu dem Fenster, durch das das Licht der Stube drückte, bestimmt dachten alle, ich hätte mich wieder einmal schmollend in mein Zimmer zurückgezogen, das tat ich gern und oft. Jetzt aber ging ich einer Sache auf den Grund. Ich leuchtete die Schneedecke ab, das Licht der Taschenlampe tastete sich über die kleinen Kuhlen der Tierfährte hinweg. Die Luft stand in eiskalten Wolken über dem Hang, und ich konnte die Eispartikel an den Wangen spüren, die um mich herschwebten. Und da hörte ich das Heulen. Es stieg von unten aus dem Wäldchen den Hang hinauf, aus den halb erfrorenen Haselbüschen und vereisten Bachgumpen. Es klang schaurig und sehnsüchtig und schön, und es machte mir Angst, und es verlockte mich, beides zugleich. Von wegen schreien, dachte ich. Wölfe *heulen*. Genau das taten sie. Etwas zog mich den Hang hinunter, plötzlich hatte ich das Gefühl, dass ich auf das Wäldchen zustürzen würde, wenn ich nicht aufpasste. Als wäre es leichter, auf das Heulen zuzurennen, als mich zurück an den Fernseher zu setzen. Einen Moment lang stand ich da. Ich schnaufte tief ein und aus. Dann drehte ich mich um und ging mit schweren Schritten ins Haus.

Das Wolfsheulen wird deutlicher, und ich drehe mich um die eigene Achse, ich muss es ausmachen, ich habe eine Ahnung, wo es herkommt. Mein Blick boxt sich den Weg frei durch junge Frauen mit glatt gebügeltem Haar und alte Männer mit Kopfhörern und zwei junge Männer, die einen spröden Christbaum tragen. Da ist sie. Das Wolfsheulen steigt aus dem Rücken der Frau, die gerade ein Stück entfernt über den Platz läuft. Die Skijacke trägt sie heute offen, und es heult weiter aus ihrem Rücken, leise und rau. Ich denke an den Kerl, dem ich gerade mein ganzes Glump verkauft habe und der sich wirklich hinstellen und Musik machen will, er wird es einfach machen. Ich habe eine Heidenangst, aber dieses Mal weiß ich, was ich tun muss. *Dass* ich was tun muss. Ich renne ihr nach, ich tippe ihr auf die Schulter und sage: *He. Darf ich dich was fragen?*

Charlotte

<u>Nach dem Kongress fühle ich mich zwei Minuten lang verschwitzt und sehr euphorisch.</u>

Meine Präsentation war zackig-präzis. Ich habe Sicherheitslücken im Wiener Straßenbahnnetz aufgezeigt, ich habe meine eigenen Erfahrungen mit eingebaut, und das kam sehr gut an, berührende Anekdoten aus meiner Studienzeit, Funken schlagende Stromabnehmer, die enthemmte Wiener Jugend, die mit dem Taschenmesser obszöne Symbole in die Trambahnfenster ritzt, Pöbeleien, verängstigte Kinder in dicken Skianoraks. Anschauliche Diagramme haben dem interessierten Publikum bewiesen, was traumatische frühkindliche Erfahrungen im weiteren Verlauf des Lebens dem Staat für Kosten verursachen, *Die Rechnung ist ganz simpel*, habe ich pfiffig argumentiert, *man denke nur an all diese verkorksten Existenzen in den Psychiatrien, ja, wer kommt denn für sie auf, wenn nicht der kleine Mann, der Steuerzahler?* Und dann habe ich direkt das nächste Bild gezeigt, eine Illustration, auf der zwei bärige Bürgerwehrler in pflaumenblauer Uniform schlichtend auf zwei Streithähne mit erhobenen Fäusten einreden. Ein paar pingelige Fragen von penetranten Gästen waren unvermeidbar, zum Beispiel, ob das Etablieren einer Bürgerwehr nicht gegen das Grundgesetz verstieße, aber diese Spitzfindigkeiten quittierte ich einfach mit einem sympathischen Lachen und sagte, dass die Bürgerwehr ja die Argumente, und zwar in *jeglicher* Hinsicht, auf ihrer Seite habe, oder etwa nicht? Rückblickend würde ich die Stimmung als gelöst bis positiv bewerten und werde das auch so in meinem kleinen Protokoll vermerken, das ich der Partei vorlegen soll. Aber so wie der Schweiß getrocknet und meine Körpertemperatur gesunken ist, so verabschiedet sich leider auch der Überschwang. Schnell, viel zu schnell. Ich stürze durch die bärbeißigen Straßen, vorbei an den geduckten Häusern in der Lenziggasse, von denen Jakob und ich uns früher ausgemalt haben, wie es wohl wäre, darin zu wohnen, tagein tagaus durchs selbe Stiegenhaus zu steigen in eine warme Wohnung ohne Kohleofen, sondern mit richtiger Heizung, durch den Dampf des Badewassers zuzusehen, wie der andere seine Traktate schreibt oder die ultimative Tongiraffe töpfert; wie wir behütet wären. Ich bin nicht behütet. Ich stürze an Wirtschaften vorbei, deren Kellner mir mit rohen Schnitzeln drohen. Ich stürze an den Erinnerungen entlang und zerschramme mir die Ellbogen. Und nur deshalb treffen Urs und ich uns dann doch: Wegen meiner nicht ganz soliden Grundverfassung. Ich weiß auch gar nicht, ob das zielführend ist. Aber so ist es dann eben, wir teilen uns ein Stück Torte in einem Café mit vielen goldgerahmten Spiegeln, mit braunroter Tapete, die in adretten Streifen die Wände hinabfließt wie Bratensauce. Es ist auch ein sehr trockenes Café. Selbst die Gespräche stocken hier wie verdörrende Bachläufe in den Kurven.

Ich habe dich immer für extrem lebenstüchtig und patent gehalten, gleichzeitig aber auch für vollkommen gaga, teilt Urs mir mit. *Schon damals, als du noch getöpfert hast und immer zwei Strickschals auf einmal trugst.* Urs konnte ich mir noch nie gut vom Hals halten, auch jetzt nicht. Er rückt an den Tisch heran so nah er kann, und ich muss aufpassen, dass sein Cordhosenknie sich von meinem fernhält, es ist nur hauchdünn überzogen von Nylon. Urs und ich greifen gleichzeitig nach unseren Gabeln. Weil ich ihm die Tortenspitze nicht lassen will, fahre ich mit der Gabel in den Kuchen und trenne sie ab, dunkle Marmelade quillt unter der Glasur hervor wie glänzender Eiter. Urs sticht mit der Gabel in den hinteren Rand, er muss fest stechen und an der Kruste rütteln, um ein Stück abzuteilen. Ich weiß, dass es nicht fair ist, was ich da mache, dass er eigentlich den besten Teil des Kuchens und einen Kaffee in der richtigen Temperatur bräuchte, und zwar bald. Sein Gesicht ist von ungesunden Furchen durchzogen, unter den Augen wirft die Haut violette Schatten. Ja, er hat den Kuchen nötiger als ich, das stelle ich zufrieden fest, als ich den Saft aus dem Teig sauge und ihm keinen Millimeter zu viel zugestehe. Es ist ein zähes Spiel. Ich denke an die hundefarbene Flasche Cognac in meiner Handtasche, ich denke daran, wie viel leichter die Zeit hier in diesem trockenen Café *verflösse*, wenn ich sie einfach herausholen und den Schnappes in meine leere Kaffeetasse schütten könnte. Ich frage mich, was Charlie tut, und ob er sich an unsere Abmachungen hält und ob er Drogen nimmt und dubiose Menschen mit nach Hause und ob er in Sicherheit ist.

    Urs wartet immer noch darauf, dass ich auf seine Einschätzung reagiere. Ich greife in meine Handtasche und befühle die Flasche mit der mittlerweile warmen Flüssigkeit, ich stelle mir vor, dass der Cognac mir beruhigend über die Hand leckt. Leider darf ich Urs jetzt nicht retour kränken, denn wenn er gekränkt ist, dann wird er gefährlich. So ist es früher schon gewesen, als Jakob und er eine unzertrennliche Einheit waren, die ich Urs' Meinung nach ins Ungleichgewicht brachte, besonders später, als aus Jakob und mir ein Paar wurde. *Du kennst mich*, flüstere ich also und nehme Urs' Hand, um ihm ein bisschen Angst zu machen. Ich streiche über seinen Ring und sage, *Stimmt, ich bin vollkommen gaga. Trotzdem habe ich einen Sicherheitsdienst mit aufgebaut.* Das sage ich stolz. Urs lacht, er findet das witzig, und seine Laune wechselt von finster über fidel zu hoppsfallera, als der Kellner ihm seinen Kaffee schließlich doch noch serviert. *Ich arbeite wirklich bei der Bürgerwehr, ich bin Scharfschützin*, das glaubt er mir endgültig nicht. *Und womit schießt du, mit Keramikküken?* Urs zieht groteske Grimassen und ahmt nach, wie ich seiner Vorstellung nach ein Gewehr halte und ziele. Den Rest der Torte essen wir schweigend, verschmieren weiche Schokolade auf unseren Wangen, erzählen uns blutleere Geschichten von früher. Als ich das alles nicht mehr ertrage, springe ich energisch auf, ich schlage mit beiden Handflächen fest auf meine Oberschenkel und werfe dann meinen Mantel über, aber ich ziele daneben. Das wird kein glatter Abschied. *Was ich noch sagen wollte*, meint Urs, während ich den Mantel aufhebe. Er wartet, bis ich ihn wieder ansehe, dann lässt er den Zuckerstreuer auf der Tischplatte kreiseln, ganz dicht an der Kante entlang. Seine Stimme klingt milde und gleichzeitig scharf wie ein Apfelmesser. *Ich muss unseren Sohn anrufen*, sage ich schnell, damit er jetzt nicht weitersprechen kann, ich sage absichtlich *unser* Sohn, damit Urs einmal mehr klar wird, was Jakob und mich noch immer verbindet. Charlie würde uns immer verbinden, auch wenn Jakob sich lachend auf eine Matratze geworfen hatte, als ich ihm gesagt hatte, dass ich schwanger war, er hatte gelacht und an die Decke gestarrt und nichts mehr gesagt zu dem Thema, gar nichts, ganz egal, wie oft ich es wiederholte, bis ich ihm einen Schwung Nussdorfer Kuchlbräu ins Gesicht schüttete. Da meinte er dann, *Und? Was hat das mit mir zu tun?* An diesem Punkt lief es zwischen uns bereits nicht mehr so gut.

Als ich mich daran erinnere, werde ich wütend, wie jedes Mal. Auch darüber, dass Urs mich jetzt nicht gehen lässt, obwohl ich bereits stehe. *Wie heißt dein Sohn?*, fragt er, und das *dein* sagt er so überdeutlich wie ich das *unser*. Charlie, sage ich, und Urs sieht mich noch milder an. Mir ist schon klar, was er jetzt denkt. *Sie hat ihn nach sich benannt – vollkommen gaga*. Wieder lässt er den Zuckerstreuer kreiseln, er streicht sich eine fett glänzende blonde Locke aus der Stirn und sagt, *Was ich dir jedenfalls erzählen wollte: Jakob ist mit seiner Freundin in die Lenziggasse gezogen*. Er beobachtet mich genau und holt noch einmal aus. *Sie haben ein Kind*. Und ich konzentriere mich auf die Muskulatur meines Gesichts, damit sich da nichts regt. Ich denke an die Schießübungen, die ich vorletzte Woche gemacht habe, an das Gewicht der Waffe in meiner Hand. Und ich denke daran, dass ich die Beste war im Seminar *Menschenführung unter Belastung*, und nur so gelingt es mir zu sagen, *Ich muss jetzt wirklich gehen*. Urs sieht mich zufrieden an; er weiß, worüber ich heute Abend nachdenken werde. Er hat zwei Tassen Kaffee getrunken und ein Mineralwasser, das er Soda genannt hat. Ich habe einen Espresso, Hagebuttentee und ein stilles Wasser bestellt, aber das ist ja umsonst gewesen und zählt also nicht. Um uns herum sitzen andere Leute, die anderes trinken. Ich gehe, und Urs wird alles bezahlen müssen.

Ich frage mich, ob Charlie trotz seiner Abscheu vor Regen heute seine zehntausend Schritte gegangen ist, ich frage mich, ob er abends die Jalousien herabzieht und ob er um 18 Uhr oder um 18 Uhr 30 Feierabend macht, ich frage mich, ob an der Sache mit den Rauhnächten doch etwas dran ist und ob er nachts schlafen kann, so ganz ohne mich und unsere abendlichen Rituale, also den *Deeptalk* zum Beispiel. Zwei Tränen drücke ich auf die huggelige Straße. Dann reiße ich mich am Riemen, laufe los.

Burschi

<u>Wir sind im Best Eastern. Die Vorhänge sind halb geschlossen, und</u>

wir liegen auf dem knisternden Überwurf, er ist mit Blitzen bedruckt und mit Wolken, wir haben ihn etwas beiseitegeschoben. Und ich weiß gar nicht, wie ich dich anreden soll. Auch nicht, ob wir darüber sprechen sollen, was unten am Empfang passiert ist. Dass wir gelogen und gesagt haben, wir seien Schwestern, aus Angst, ansonsten gar kein Zimmer zu bekommen. Wir haben uns aber ein Zimmer genommen. Und ich weiß nicht, wie es wird, wenn wir später wieder an der Rezeptionistin vorbeigehen, ob sie bis dahin schon Nachforschungen angestellt und gemerkt hat, dass dein Pass nicht dein Pass ist, sondern nur ein Dokument aus Luft, und dass wir obendrein gar keine Verwandten sind, sondern Gespielinnen. Ob sie uns melden wird. Und usw.. Und ist jetzt egal.

Ich weiß nur, ich bin Fan. Wie soll ich auch umgehen mit jemandem, dessen Brustwarzen von so spektakulärem Blassrosa sind, dass ich mich kaum traue, sie anzufassen, und gleichzeitig nichts lieber will, und dessen Bauch diesen Knick hat, der so artig-obszön ist, dass einem ganz schwindlig wird, einfach nur von der Vorstellung, einmal mit der Zunge daran entlang…?

Und wenn dann diese Landschaft, die eben noch dahingegossen auf dem Bett lag, von grauem Stadtlicht beschienen, sich plötzlich einfach aufrichtet, obwohl ich gedacht hatte, diese Landschaft bleibt unverändert, ich kann sie betrachten, bis ich mich immerhin sattgesehen habe, auch wenn ich sie noch nicht … begriffen habe? Eines ist nämlich sehr seltsam: Du hast deine Turnschuhe anbehalten. Du ziehst sie nicht aus. Auf der Überdecke liegen Streusplitt und Reste einer Zigarette, alles aus den Rillen deiner Sohlen gefallen. Ich habe Anstalten gemacht, sie dir von den Füßen zu ziehen, da wurdest du unwirsch. *Die bleiben dran*, hast du gesagt, und ich habe noch einmal über die Turnschuhkuppen gestrichen, das Relief darunter fühlte sich fremd an, beinahe wie Hufe, aber darüber denke ich später dann nach oder nie. Die Turnschuhe haben dich noch nackter gemacht. Sie machen dich noch nackter.

Vorhin hast du mir erzählt, dass du fest davon überzeugt bist, dass in den U-Bahn-Tunneln Höhlen liegen, verborgene Enklaven. *Ich weiß es sogar!*, sagst du. In einer Höhle soll's ein Wetterleuchten geben, Früchte aus Glas im Widerschein der Blitze. Ein Spektakel. *Die Trauben klackern, wenn sie aneinanderschlagen*, sagst du dann. *Sie klingen wie Glocken. Sie sind transparent, milchig, wie helles Flusswasser. Man kann sich die Zähne ausbeißen an den Früchten*, sagst du, *Und doch will man sie essen. Sie sind so unbeschreiblich schön*. Und auch ich kann jetzt nur noch an diese Früchte denken. Und an. Deine.

Du glaubst, dass die Bürgerwehr der Höhlen wegen auf dem Anita-Augspurg-Platz so gründlich patrouilliert. Kurz bin ich aus meiner Landschaftsbetrachtung gerissen worden, die Landschaft hat sich ein wenig verdunkelt, Wolken sind aufgezogen, ein leiser Graupelschauer, als ich dachte, Johanna, du Frau in der Skijacke, bist du eventuell ein bisschen narrisch? Meinst du das ehrlich ernst?

In diesen Tunneln hausen die Ratten, habe ich gesagt. *Da wirbelt der Staub. Da sind keine Früchte aus Glas.* Das habe ich behauptet, als wüsste ich es, und ich habe gelacht und gehofft, du lachst auch. Aber du hast nicht gelacht. Ich habe in deine Augen gesehen und hatte gute Lust, dir zu sagen, deine Augen sind zwei glänzende Opale. Ich hätte das vollkommen ernst gemeint, und das ist mir wirklich mein Lebtag lang noch nicht passiert. Dass ich Lust kriege, Oden zu schreiben. Ich habe dir nichts gesagt, ich habe mich stumm neben dir ausgestreckt, und du hast mich angeschaut und gesagt, *Irgendwann werde ich nachsehen, und außerdem will ich mich rächen.* Bestimmt meinst du die Bürgerwehr. Und als du dich dann aufgerichtet hast, um dein Haar zusammenzubinden, musste ich wegschauen. Aus dem Augenwinkel habe ich gesehen, wie du deine Arme über deinen Kopf gereckt hast, ich habe deine weichen Achseln erahnt und deine. Brüste. Und. Ich konnte sehen, dass du dein Haar durch deine Hände fließen ließest, ehe du es zusammengeknotet hast, und davon wurde mir mit einem Mal ganz traurig zumute, ich wusste nicht, warum. Also habe ich hinaus auf den Platz gesehen, auf dem gerade der nächste Einsatz im Gange war, eine Razzia, die Polizei trieb die Drogendealer in ihren kurzen, glänzenden Daunenjacken mit Kapuze in eine windumtoste Ecke. Auch die Bürgerwehrlerinnen waren zu sehen in ihren pflaumenfarbenen Uniformen. Sie umringten die Szene und sprachen eilige Kommandos in ihre Funkgeräte, vor ihrer Brust trugen sie die Maschinenpistolen und begannen dann, sämtliche Taschen zu durchsuchen.

Und eine von uns muss irgendwann den Anfang machen, muss aufstehen und hinaus in den Tag, der immer noch dunkelgrau über dem Platz lümmelt und lärmt und Streusplitt vor sich herkickt, als wäre rotgoldener Sonnenschein nicht angebrachter, und Götterdämmerung und heilige Stille, ein ahnungsvolles

Raunen höchstens, das von dir erzählt. Eine muss doch den Anfang machen. Du drehst dich zu mir, stehst auf, gehst rückwärts durch den Raum und greifst in deine große Tasche. Wieder sehe ich hinaus, ich habe nicht das Gefühl, dass ich dich ansehen darf, wenn du so vor mir stehst, so vollkommen nackt. Ich denke schon, jetzt willst du los, aber dann kommst du wieder, eine Milchtüte in der Hand, du schüttest dir die Milch direkt aus dem Knick in den Mund. Du hältst mir die Milchtüte hin und siehst mich an, und ich greife nach der schmalen Goldkette, die dir um den Hals hängt. Fahre ganz vorsichtig die goldene Linie mit meinem Finger nach, die dir die Kette über deine Schlüsselbeine zieht. Du neigst den Kopf nach vorn, ich lege meine Lippen an deinen Hals. Er riecht nach Schwarzpulver. Du küsst mich. Du legst mir die Hand an die Wange und mein Körper verwandelt sich in eine Attraktion. *Du bist schön*, sagst du, und ich sage, *Gar nicht*, und du keuchst *Oh. Doch*.

Ich löse mich von dir und frage dich, *Was machst du hier? Und woher kommst du? – Es hat sich so ergeben*, sagst du nur. *Und du?*

Aus den Bergen, sage ich, *aus Bayern, an der schattigen Grenze zu Tirol. Wenn ich zur Schule wollte, musste ich durch Österreich fahren, wer sich verliebt hat, ging zum Jungfernsprung und warf drei Kuhschwänze in die Schlucht, damit alles gut ausgeht. Alle haben an alles geglaubt und nie nachgeschaut, ob's stimmt.*

Du siehst aus dem Fenster, und ich erzähle dir nicht, dass Sex für mich damals etwas gut Ausgeleuchtetes, Kaltes war, dass ich mir vorstellte, dass er in Stockbetten vollzogen wurde, dass man dabei mit Socken an den Füßen über die Matratze kugelte, es verlockte mich kaum, konkrete Praktiken kannte ich nur vom Hörensagen; auch in diesem Falle prüfte ich nie nach, was ich erfuhr. Ich hielt mich an meine Vorfreude auf den Sommer, wenn die Emerenz mit ihrer Familie zu uns kam, zwei Wochen, in denen ich bei jeder Begegnung und an jedem Abend hin- und hergeworfen war zwischen der Hoffnung, irgendetwas würde sich endlich ereignen, und dann wieder dem Ekel vor mir und kleinen vermeintlichen Mängeln an der Emerenz, vor zu lang gewachsenen Fußnägeln, die durch den Stoff der Polyamidstrumpfhosen stießen, Achselhaar, das ihr wie gebügelt unter den Armen hervorhing, irgendetwas, das es mir leichter machte, auf sie zu verzichten.

Ich drehe mich zu dir. *Musst du denn bald wieder weg?*, frage ich. Und du sagst, *Erst einmal nicht.*

Plötzlich packen wir uns beide, als täte sich unter der Matratze ein Abgrund auf. Als führte er bis hinab auf die Straße, bis auf die U-Bahn-Gleise, bis in die tiefsten Erdschichten hinein. Dein Haar bedeckt meine Schultern. Meine Hand dein Schulterblatt. Wir bringen einander in Sicherheit. Die Köpfe vergraben in den Knicken der anderen.

Und irgendwann fällt draußen wieder Schnee. Die nächste Schicht. Und die Laternen werfen ihre gelben Kreise.

Bei uns heißen Schneeflocken auch Fankerl, sage ich und zeige auf die ersten Frostschlieren am Fenster. *Wie Spirifankerl. Kleine Teufel.*

Das ist ja großartig, sagst du. *Schau mal, da hinten stehen Scharfschützinnen herum. Gehen wir sie ärgern?*

Charlotte

<u>Über stürmische Brücken und an maroden Kähnen vorbei laufe ich zurück</u>

Richtung Hotel. Der Weg ist weit und dunkel, und ich frage mich, weshalb ich Urs getroffen habe. Wozu ich diesen alten Stinkstiefel nur wieder ausgegraben habe – ich habe keine Ahnung! Es ist, vermute ich sehr stark, eine nostalgische Marotte. Die Bezirke sind jetzt wie tot, versteinert, und die Donau schlägt krachend gegen die Mauern. Als Urs mich so milde angesehen hat, da wusste ich, jetzt fängt er gleich wieder an von Jakob. Und deswegen habe ich ihn ja auch getroffen, damit er von Jakob anfängt, und ich wieder weiß, wie es ist, wenn etwas wirklich wehtut. Dass dieser Schmerz im Magen beginnt, ein warmer Fausthieb, der ganz gedämpft ist und trotzdem seine Wirkung tut. Und dass man sich daran aufrichten kann, wenn es gut läuft, und ansonsten einfach liegen bleibt. Ich gehe schneller und lasse um mich herum die Hochhäuser leuchten und den Himmel schwarz glänzen und in mir etwas schwappen, das viel finsterer ist als jeder Winter. Da kommt eine Gruppe von Frauen des Weges, sie tragen knielange Röcke und dicke Strümpfe, darüber weiße, steife Kittel. Sie singen eine traurige Melodie, in der vom Umsturz die Rede ist und von helleren Tagen, auch von Krautfleckerln und Nussschnaps singen sie. Sie gefallen mir, die Art, wie sie ausschreiten und auch ein wenig unheimlich wirken, ungeschlacht und unberechenbar. Eigentlich sollten sie mir als Bürgerwehrlerin suspekt sein, aber kaum habe ich das gedacht, sind sie mir direkt noch viel sympathischer. Vor einem Beisl bleiben sie stehen, es ist eine geduckte Wirtschaft mit lorbeergrünem Schild über der wehrhaften Holztür. Dort hissen sie ihre Flagge: ein brüllendes Schaf, auf dessen Rücken eine nackte Frau reitet. Ich greife nach meinem Flachmann und nehme einen weiteren, großzügigen Schluck. Was hat das alles zu bedeuten? Ich merke, dass ich Urs gern gefragt hätte, aber das ist ja Mumpitz. Ich frage mich, ob die jungen Frauen mich wohl aufnehmen würden in ihren Kreis, solange ich ihnen nur nicht sage, welcher Arbeit ich normalerweise nachgehe. Das hat schon manches Mal zu einem raschen Ende von Gesprächen und auch Freundschaften geführt. Es haben sich einige Menschen von mir abgewandt, seit ich Scharfschützin bin, aber ich halte mir stets Onkel Gabriels Worte vor Augen: *Die Raben fliegen in Schwärmen, aber der Adler fliegt allein, allein. Allein, allein. Allein, allein!*, singe ich, weil ich mich grad wohlfühle. Und ebendarum gehe ich jetzt zu einer der Frauen, ich tippe ihr auf die bekittelte Schulter und frage wie ein Kind, *Was macht ihr da?* Die Frau dreht sich um, sie hat wässrige Augen, ein Tropfen Blau auf einen Becher Wasser, und sagt, *Wir erobern uns des Beisl zurück.* Ihre Wangen sehen aus, als hätte jemand sie gebissen. Der Kopf ist rund wie ein Apfel. Ich sage ihr, dass ich das in jedem Fall ganz spannend fände, ob ich mit reindürfe, dass ich mich auch engagieren würde, gar kein Problem. Die Frau nickt, ihre fransigen Zopfspitzen schlagen auf ihren Kittelkragen, *Je mehr, desto besser,* da hat sie wohl recht.

Und wenige Momente später stürme ich zusammen mit

etwa zwanzig anderen Frauen in weißem Kittel die Wirtschaft. Ich bin nur froh, dass Charlie mich so nicht erleben muss. Seine Mutter, sein Fels in der Brandung, jetzt völlig von Sinnen und total enthemmt. Ich habe mir sogar die Bluse aufgeknöpft, einfach nur so, es spricht ja nichts dagegen. Die anderen Frauen haben ein Kampfgebrüll angestimmt, es klingt verwegen, heroisch, irgendwie blutrünstig und doch gut gelaunt, ich brülle lauthals mit. Drin ist alles mit dunklem Holz vertäfelt und mit Kränzen behängt. Am Tisch sitzen junge Männer mit feisten Gesichtern, die aussehen, als hätten ihre Mütter sie abgeleckt, ehe sie sie nach draußen gelassen haben. Kurz schauen sie uns verstört an, aber dann tun sie so, als wären wir gar nicht da. Sie trinken Bier aus kleinen Humpen, dazu essen sie Kartoffelknödel, Gulasch und Kraut, sie malmen mit vollen Backen, während einer von ihnen die Satzung verliest. Es geht um Themen der Sorte, die auch dem Onkel Gabriel und der Partei am Herzen liegen. Heimat. Traditionen. Die Frauen brüllen laut vor Lachen, als sie das hören. Und ich brülle mit. Man kann wohl sagen, dass ich vollkommen außer Rand und Band bin, der Albtraum meiner Ausbilder. Ich bin auch die Erste, die eine prall gefüllte Wasserbombe aus der Tragetasche der Frau holt und auf den dunklen Holztisch schleudert. Die anderen sehen mich verblüfft an. Das haben sie von ihrem Neuzugang nicht erwartet, aber ich war schon immer für die ein oder andere Überraschung gut, besonders, wenn ich viel Cognac getrunken habe. Davon werde ich noch mal einen Zacken experimentierfreudiger. Ich muss an Urs denken. Schon wieder an Urs. Erst sagt er, ich sei gaga, und dann bin ich es tatsächlich. Der Gedanke bringt mich so heftig zum Lachen, dass ich beinahe das ausgestopfte Wiesel zu Boden reiße, das neben mir auf dem dunklen Holztresen stocksteif aufgespannt dasteht und auf die muntere

Runde blickt. Jetzt kommt auch in die anderen Frauen Bewegung, sie springen auf den Tisch zu, greifen die Knödel und werfen damit nach den Männern, sie reiben ihnen Rotkraut um den Mund. Auf dem Tisch liegt die Satzung dieses Vereins. Rotweinflecken bedecken sie, fettige Fingerabdrücke, klebrige Salzkörner. Und ich stürze nach vorn, greife mir den Zettel und spieße ihn auf den fahlgelben Stoßzahn des Ebers, der neben der Tür an die Wand genagelt ist. Eine der Frauen applaudiert bewegt. Danach weiß ich selbst nicht mehr, was ich weshalb tue, aber alles geht mir sehr leicht von der Hand. Ich sehe, wie Frauen direkt aus dem Zapfhahn trinken. Wie Männer Frauen packen wollen, sich Ohrfeigen einfangen und dann sagen, dass die Frauen resche, rasse Haserln seien.

Indes reißt die Frau mit den wässrigen Augen eine Urkunde nach der anderen von der Wand. Sie sagt, dass die Männer sich jetzt ein neues Quartier suchen können und sie das Beisl verlassen sollen, *Jawoll*, schreit jemand, das bin ich. Mit Rotwein schmiert eine Frau das Schaf des Wappens an die Wand. Oder ist es Blut? Fluchend verlässt ein Mann nach dem anderen die Wirtschaft, ihnen sind die reschen Haserl wohl doch nicht geheuer, ihre Zähne zu spitz, die Hinterläufe zu schmutzig, ihre Absichten zu unklar.

Irgendwann ist der Raum vollkommen verwüstet. Der Erfolg meiner neuen Kameradinnen freut mich sehr, aber das bedeutet wohl auch, dass langsam Schluss ist mit dem Remmidemmi. Großzügig lasse ich meinen Flachmann kreisen, in dem nur noch wenige goldene Schlucke schwappen, und eine Frau mit teerschwarzem Haar fragt mich, wo ich das denn gelernt hätte. Ich weiß beim allerbesten Willen nicht, wovon sie spricht. Da deutet sie in eine Ecke des Raums, in der ein Mann liegt, man hat ihn mit einem Knödel geknebelt und mit einem

Schnürsenkel gefesselt, bin ich das gewesen? O ja. Ich erkenne es am Knoten, einem Affenfaustknoten, den mir mein Onkel Gabriel einst beigebracht hat, und er hält bombenfest in allen Lebenslagen. Die Schwarzhaarige schaut mich immer noch erwartungsvoll an, kaut auf einem zähen Stück Gulasch herum, der veilchenbraune Saft läuft ihr übers Kinn. Plötzlich sehe ich wieder vollkommen klar. Ich muss hier weg. Ich muss ins Hotel und morgen früh irgendwie zum Flughafen gelangen. Gerade erscheint mir das nicht allzu realistisch. Die Frau mit den Wasseraugen prostet mir zu, sie hat sich selbst einen Humpen Bier gezapft. Das bleibt die allerletzte Impression eines bewegten Abends. Ich wünsche allen alles Gute, und dann verlasse ich das Beisl.

Als ich am nächsten Morgen im Hotel erwache, übergebe ich mich zehn Minuten lang in eine marmorierte Toilettenschüssel und fühle mich recht ungeordnet. Der vergangene Abend ist nur sehr bruchstückhaft vorhanden, eigentlich gar nicht. Doch was in Wien geschehen ist, das soll in Wien bleiben. *Kein Grund, sich zu sorgen, Charlotte!*, sage ich laut zu mir selbst und streichle zärtlich meine Oberarme. Es hilft.

Erst später im Flugzeug wird es wirklich arg. Beim Einsteigen läuft Wiener Walzer, die Sonne scheint, das Personal trägt eine weiße Tracht und rote, schimmernde Seidentüchlein um den Hals. Die Fluggesellschaft legt wirklich einen makellosen Auftritt hin, daran liegt es nicht, dass ich mich hundeelend fühle. Ich habe einen Sitzplatz am Notausgang bekommen, deswegen nimmt man mir sämtliches Handgepäck ab, selbst meinen roten Mantel. Ich fühle mich einigermaßen schutzlos. Eineinhalb Stunden sehe ich auf die neongrelle Markierung auf dem Boden, ein schräger Pfeil, der hinaus in den Himmel zeigt, und derweil schießen mir seltsame Bilder durch den Kopf. Ein riesiger, lächelnder Eber. Menschenleiber in irren Verrenkungen, sie winden sich auf dem Boden, recken sich, richten sich auf, ich sehe Haar, das dunkel an der Stirn klebt, ich spüre einen Fuß an meiner Wade, reiße die Augen auf, da ist nichts. Als die Stewardess vorbeikommt, um zu fragen, ob ich etwas trinken will, entscheide ich mich gegen meine Gewohnheit gegen einen Gin Tonic. Sie reicht mir einen Schokoladenbären, den man auf einen Holzstab gespießt hat. Der Anblick macht mich massiv melancholisch und ich sehe hinaus in den piz-buin-blauen Himmel und auf die fetten Wolken. Falls Charlie mich nach Wien fragt, werde ich lügen.

Burschi

<u>Als ich mit dir vors Hotel trete, direkt auf die Mondallee, kommt es mir so vor, als kröchen wir aus einem großen warmen Leib</u>

hinaus in die Stadt. Die Lichter sind hell und sie blenden, ich fühle mich so gut durchblutet, angenehm. Im Hotelzimmer hat sich die Zeit zerdehnt, es kommt mir vor, als wäre ich Tage nicht auf der Welt gewesen. Als hätte ich nur Milch aus Tüten getrunken und hier draußen alles verpasst, gar nichts verpasst.

Du möchtest Hühner essen gehen. Magentafarbene, saure Rüben. Petersiliensalat. Viel. Schnell. Du ziehst den Reißverschluss deiner Skijacke bis hoch an dein Kinn und wieder ist da dieses Taumeln. Mit dir ist alles leicht verschoben. Als läge ein anderer Film über der Mondallee, die ich täglich entlanglaufe. Als wäre alles überdeutlicher und nebliger zugleich. Ich muss daran denken, wie meine Mutter am Abend vor Heilig Drei König immer den Hof ausgeräuchert hat. Wie sie die heiße Glut aus dem Ofen in die Pfanne geschüttet, dann das Weihwasser darauf verteilt hat; wie sie die Glutpfanne geschwenkt, den Rauch in jeden Raum gefächert hat, wie anders das Haus gerochen hat, wenn ich mit der Barbara vom Schlittenfahren heimkam, die nassen Stiefel in die Ecke des großen dunklen Flurs gestellt habe. Wie dann das Haus plötzlich geheimnisvoller war, undurchsichtiger, und wie ungern die Mama darüber gesprochen hat, warum sie das macht – dass es dabei um die bösen Geister geht, die sie vertreiben will. Dass das eigentlich alles Aberglaube ist und nicht katholische Tradition, auch wenn sich das mit der Zeit vermischt hat wie der Rauch, der aus verschiedenen Feuern aufsteigt und in der Luft zusammenschlägt.

Mir fällt auch die Notiz auf Traudls Arm wieder ein, *Wilde Jagd*, und dass zu dieser Zeit im Jahr die Geisterwelt das Diesseits angeblich berührt. Aber ich schlage mir den Aberglauben aus dem Kopf, Johanna stammt aus keiner Zwischenwelt, sie kommt aus – was meinte sie noch? – und wahrscheinlich ist es wirklich besser, ganz schnell essen zu gehen.

Wir laufen die Straße entlang, treten Spuren in die angegraute Schneeschicht auf dem Gehweg. Im Kopf vermerke ich Bierbar Bierbar, Bestattung und Grillhaus, Handyshop Handyshop Fast Food Falafel Nadoback Donuts Grillhaus und Bank, damit ich nicht verloren gehe. Wir sagen uns Sätze, die wenig Anschluss finden an das, was oben im Hotel geschehen ist und nicht geschehen ist. Es bleibt wie ausgestanzt, auch später dann im Imbiss noch. Hinter uns dreht sich ein Teufelsrad voller Geflügel. Deine Augen hauchen mich an. Dein Mund. Deine Finger. *Da, Burschi, schau. Du darfst den Hummus nicht vergessen!* Nein, nein. Ich darf vor allem nicht vergessen, wie ich heimkomme. Wie sich mein Name buchstabiert. Wo in mir was sitzt. *Was machst du jetzt?, fragst du.*

Erst einmal heim. Die Mitbewohnerinnen sind weg, ich muss die Katze füttern, sage ich. *Auch wenn ich sie nicht mag. Dann zu den Märzens, Pflanzen gießen, die Luken dicht machen für die Silvesternacht. Schlüssellöcher verstopfen, Kreise ziehen.* Du siehst mich unlustig an, beinahe gekränkt. *Kreise ziehen*, sagst du. *Wen willst du damit denn verscheuchen?* Was weiß denn ich? Frau März hat lautstark insistiert. Ein

Rauhnachtsbrauch. Der Wintergarten ist wie ein Dschungel, lenk ich schnell ab. Den müsstest du mal sehen. Da wächst alles kreuz und quer, senkrecht und horizontal, kelchartige Blüten gibt es, Palmenfächer, keine bunten Vögel, aber beinahe, das Fenstermosaik stammt aus der Wikingerzeit oder irgendwie so ähnlich, na, und das Sofa ist auch ziemlich gut.

Du holst dein zweites Hähnchen und verlangst, dass ich dich dorthin mitnehme. Vielmehr stellst du es fest. Ich will, sagst du, Silvester um Mitternacht dort mit dir sein, hinüberschwingen in das neue Jahr.

Ich muss schauen, sage ich, obwohl es eigentlich ganz leicht ist: Es geht nicht, natürlich nicht. Aber du siehst so zufrieden aus, wie du jetzt dein Baklava isst, dass ich die Idee doch sehr, sehr gut finde: Immerhin beinhaltet sie dich. Ich werde schauen, sage ich.

Charlotte

<u>Monika putzt ihr Gewehr *Große Reichweite* mit viel Hingabe. Monika putzt immer am längsten, ich kann das nicht leiden, da fühle ich mich sofort liederlich.</u>

Wie sie hier im Schießkeller das Öl auf das Bürstchen träufelt, es an die Kette hängt und dann liebevoll durch den Lauf zieht, macht mich irre. Aber auch ich poliere und reibe, und wie ich so den Docht aus dem Gewehr ziehe, der brikettschwarz ist vom Schmauch, muss ich an die Klarinette denken, die ich als Mädchen hatte, die musste ich auch immer ausputzen, dass die Klappen recht glänzen und die Spucke rausgewischt wird, damit sie so lang wie möglich hält und ich Onkel Gabriel weiter sein *Am Brunnen vor dem Tore* vorspielen konnte, wann immer es ihn mal danach gelüstet hat. Ich habe seit zwanzig Jahren nicht auf ihr gespielt. Ich hab sie nicht mehr.

Und wie ich die Waffe so konserviere, will ich meine Klarinette plötzlich zurück. Sie liegt immer noch bei Jakob, wenn er sie nicht längst verfeuert hat, zuzutrauen wäre es ihm, immer auf der Suche nach Brennholz, Brennbarem, zumindest früher, und ich immer ängstlich, dass wir uns selbst vergiften dabei, im Schlaf wegsterben, wir hätten das ja gar nicht gemerkt.

Monika packt ihr Gewehr in die Hülle, sie hat eine alte aus

braunem Leder, es glänzt gut gepflegt, sie scheint ihre Waffe wirklich sehr zu lieben. *Bist du dabei in der Kantine?*, fragt sie mich, *Es gibt Schlachtplatte und Grünkohl.* Ich muss aber die Waffe noch trocken reiben, und in die Kantine zieht es mich auch nicht, nach einem Mittagessen dort ist der Säure-Basen-Haushalt wieder mal komplett beim Teufel. Aber ich bin sozial kompetent, eine Teamplayerin, beides zählt zu den Soft Skills, die mir meinen Erfolg beschieden haben. Also drücke ich Monika kurz an mich, fest und herzlich. *Ich komme nach*, sage ich dann, denn Monika und ich werden auf dem Hoteldach ein Team sein. Ich werde ihre Spotterin sein, sie meine Schützin, und umgekehrt. Das ist wohl ein Verhältnis, das man gut und gern als symbiotisch bezeichnen kann. Und wer als erwachsene Frau mit einem gewissen Anspruch an Komfort und vor allem Niveau einen Monat lang in einer ehemaligen Jugendherberge irgendwo in der sandigen Provinz gewohnt und zu sechst ein Zimmer geteilt hat, mit hellblauen Wänden und ohne Rückzugsmöglichkeit, nicht mal ein paar Minuten lang, der weiß, wovon ich rede. Monika lag im Stockbett neben mir, wir hatten rasch ein paar Späße erfunden, die nur wir verstanden, Spitznamen für unsere Ausbilder, *Stinkemaul* und *Ketapeter* und *Schuppenpaule*, das half auch dann, wenn eine von uns wieder mit einem Polizisten auf Streife hatte gehen müssen, der den lieben langen Tag nur betonte, dass man keine große Hilfe sei und Hausfrauen hier nun wirklich nichts verloren hätten, dass ein Polizist eine einjährige Ausbildung machen müsse, ehe man ihn an die Waffe ließ, und wir uns nach unseren vierundzwanzig Tagen Ausbildung nur ja nicht einbilden sollten, dass wir hier einfach durch die Gegend knallen könnten. Dass die Bewaffnung der Bürgerwehr ein Fehler gewesen sei, dass man Polizei und Militär nicht so lange hätte herunterwirtschaften dürfen, bis es ihnen unmöglich war, allein für Sicherheit zu sorgen. Dass das nicht die Schuld und das Versagen der Polizei gewesen sei, sondern von denen ganz oben. Dass die Gelder in die Ausrüstung und Ausbildung der existierenden Streitkräfte hätten gesteckt werden sollen und nicht in irgendwelche Hobbyschützen und frustrierte Rentnerinnen. Wie oft rieben es uns die Polizisten unter unsere vom Außentraining dauerverstopften Nasen, dass sie sich in unserer Gegenwart nicht sicherer fühlten als allein, dass sie sich jemanden mit einer richtigen Ausbildung an ihrer Seite gewünscht hätten, und wenn schon Amateur, dann wenigstens einen richtigen Kerl; dass man uns Frauen ja ohnehin mindestens eine Woche pro Monat nicht guten Gewissens an die Waffen lassen dürfte, an dieser Stelle kicherten sie feucht. Und nach einem langen Tag der Ödnis und zermürbenden Streiffahrten durch leere Straßen mit schlammfarbenen Häusern und abgeknickten Narzissen und Deutschlandfahnen schwenkenden Holzhasen in den Vorgärten, in denen wir wahllos junge Männer ansprachen und zu ihrem Namen und ihrer Nationalität und ihrem Beweggrund befragten, der sie genau jetzt in diesen und hoffentlich ihren Vorgarten geführt hatte, nachdem wir auch das letzte Detail zum bevorstehenden Grillfest mit ihren Verwandten von allen Seiten abgetastet hatten, sagten unsere Kollegen gern etwas wie *Zum Glück ist es heute einigermaßen ruhig geblieben, Sorgenfalten – das wär doch schade für dein schönes Gesicht.* Das regte mich massiv auf und tut es heute noch. Und das ist gut. Denn was meine Ausbilder nicht wissen: Einen besseren Ansporn hätte ich mir nicht wünschen können. Die haben mich angestachelt, und da habe ich mir fest vorgenommen, es allen zu zeigen. Allen. Auch Gabriel, Jakob und Urs.

Ich steige aus dem Schießkeller hoch nach oben. Monika hat mir einen Platz neben sich frei gehalten, na bravo, am Tisch sitzt auch Benno. Der sticht mir immer mit der Gabel in meinen Brei und sagt, Ich darf doch. Das darf er nicht, aber das ist ihm egal.

Ich fülle mir tarnfarbenen Grünkohl auf und setze mich, Benno sagt, *Ich bin froh, dass meine kleine Dietrun nicht dieselbe Gehirnwäsche bekommt wie ich damals in meiner Schulzeit. Den ganzen Blödsinn mit den Zwischendingern, den sie uns da eingeredet haben, als würden Mann und Frau nicht reichen.* Er drückt mir einen Zeigefinger in die Brust, er sagt, *Du bist eine Frau, Charlotte, und ich*, er greift sich in den Schritt, *Ich bin ein Mann. Und Dietrun lernt genau das. Prost auf den neuen Lehrplan.* Benno hebt das Glas, die Apfelschorle schwappt. Monika lacht. Warum lacht die? Ich fülle mir die Backen mit Brei, damit ich nichts mehr sagen muss. Ich kann mich wegdenken, aber da kommen die seltsamen Eindrücke wieder, Bierkrüge, violetter Saft und Wiesel. Viel Schweiß. Langsam muss ich mich konkret damit befassen, was ich da in Wien getrieben habe, aber ich habe wirklich keine Ahnung. Die Frage ist, ob ich in eine Orgie geraten bin, ich sage das in aller Deutlichkeit, zumindest zu mir selbst, jetzt und hier in der Kantine unserer Zentrale. Es kommt mir schon zu den Ohren raus, das unwohle Gefühl. Es war sehr heiß. Es hingen Kränze an der Wand. Ich habe eigenmächtig gehandelt, ich habe mich nicht dafür geschämt.

Benno sagt, *Dietrun wollte letztens wissen, weshalb der Mathelehrer immer direkt nach der Stunde in der Ecke kniet und betet. Der soll die Kinder in Ruhe lassen mit seiner Terrorpropaganda!*

Wenn du das meldest, sagt eine neue Kollegin, die nur ein Stückchen Graubrot isst, *bist du die Dönersau doch ruckzuck los.*

Benno nickt nachdenklich. Er greift mit spitzen Fingern in meinen Eintopf, er zieht ein Stück Speck heraus, ehe ich michs versehe, hab ich ihm die Gabel in den Handrücken gerammt.

Bluttropfen drücken an die Oberfläche, ziehen Schlieren über seine behaarte Haut.

Ich habe das nicht kommen sehen, Reflexe heißen so, weil man nichts für sie kann. Benno sieht mich an und sagt, *Hast du ein Glück, dass ich feurige Frauen mag*. Ich erwidere nichts. Natürlich kann er mich anzeigen, eine Scharfschützin, die ihre Impulse nicht im Griff hat, wird schneller aussortiert, als ich *Laserentfernungsmesser* sagen kann. Und weil ich schweige, wühlt er weiter in meinem Eintopf, immer tiefer hinein, und erst als er mir ein Stück Speck an die Lippen hebt, mich ernsthaft füttern will, stehe ich auf.

Ich stehe auf und sage noch einmal *Mahlzeit*. Alle schauen auf ihre Teller, nur Moni sagt einmal laut *Danke!* Ich frage mich, ob Charlie wegen des Praktikums bereits vom Staatsschutz observiert wird und ob ich wirklich für den Kampf im urbanen Raum gerüstet bin, der schon bald beginnen wird, ich frage mich auch, wo ich hin soll, falls ich doch wegwill von der Bürgerwehr. Falls die Partei nicht gänzlich linientreue Bürgerwehrler irgendwann aussortiert.

Da ruft Monika, *In deinem Postfach liegt ein Brief, das Papier wirkt wirklich wertig!*

Ich nicke bloß, gehe in den Flur und streiche mit dem Finger an der Wand entlang, die haben sie in wasser- und blut- und kotzresistenter Farbe gestrichen, abwaschbar. Wieso ist mir denn vorher noch nie aufgefallen, dass es hier aussieht, wie in einem Irrenhaus?

Ich nehme den Brief aus dem Fach und reiße ihn schwungvoll auf, im Umschlag steckt eine champagnerfarbene Karte, mit Prägung. E i n l a d u n g. Ich klappe sie auf, sie tut ein leises Knacken. *Einladung zum Silvesterball*, steht darin, und dann *Die Partei lädt ein zu Tanz und Geselligkeit. Dampfen Sie mit unserem Parteischiff ins neue Jahr! Wir sagen: Danke für all die Wut, die Energie, den Einsatz! Auch Sie haben dazu beigetragen, dass wir wieder stolz sein können auf unser Land. Für Speis und Trank ist gesorgt, ein lustiges Rahmenprogramm wird Sie ins neue Jahr geleiten.* Darunter steht ein Satz in Handschrift, der Parteivorsitzende entschuldigt sich persönlich, dass die Einladung mich so spät erreicht. Er sagt, dass ich eine Vorbildfunktion erfülle, dass mein Engagement hoffentlich Nachahmer findet, meine radikale Liebe zu Recht und Ordnung, und dass auch die originellen Zielscheiben, die ich damals in der Ausbildung gebastelt habe, nicht unbemerkt geblieben seien.

Es freut mich immer, wenn jemand mein Potenzial erkennt, das gebe ich ganz ehrlich zu. Aber irgendwie kommt mir das Lob gerade nur sehr schal und muffig vor. Und wieder fällt mich so eine Wiener Erinnerung an, es ist mehr ein Gefühl, als wäre mir dort etwas aufgegangen. Ich erinnere mich, wie ich gelacht habe, wie ich vor Lachen gebrüllt habe wie ein Schaf, und dass es etwas mit der Partei zu tun hatte. Aber was? Und ich sehe eine nackte Frau, die auf irgendeinem Tier reitet, und da weiß ich, dass es Zeit ist für ein Feierabendbier.

Charlie

Meine Mutter läuft Schleifen ins Eis. Sie kratzt ihre Kreise in die
schwarz glänzende Oberfläche, weiß bestäubte

Spuren, schussgerade Linien. Und mich lacht sie aus, denn
ich hänge noch so am Einstieg, der runterführt zum Kanal, der
Sound, den das Eis macht, macht mich nervös, wenn Charlotte
fährt, klingt es, als würde die Eisschicht leise splittern, kleine
Warnrufe ausstoßen, ehe sie bricht, es geht so ein zackiges
Tönen durch die Luft, Charlotte fährt mit ausladenden Bewegungen, ihre Arme rudern bei jedem Ausgleiten der Füße, synchron. Ich starre auf den Halbkreis, der sich um den Einstieg
biegt, schwarz schwappendes Wasser, das mich von der Eisfläche trennt, vielleicht eine Armeslänge, bis das Eis beginnt,
und Charlotte ruft, Nicht so zögerlich!, und, Milchtütchen, frier nicht
ein!, und, Nichts wie los!, ich weiß nicht, ob sie betrunken ist. Ihre
Atemwolken haben die Farbe von Cognac. Vielleicht stimmt das
auch nicht. Die Eisschicht scheint mir dünn zu sein wie ihr
Nervenkostüm, vielleicht auch meines, manchmal kriege ich
das nicht so richtig auseinander, wo meine Mutter beginnt und
wo ich aufhöre, das mag ich nicht, es ist trotzdem so, es vermischt sich, und mit einem scharfen Zischen kommt Charlotte
jetzt ganz nah an den Einstieg herangefahren. Das getupfte Hals-

tuch steht hinter ihr in der Luft wie eine Windhose, ihre Wangen sind scharlachrot. Charlotte sieht jung aus, wenn sie Schlittschuh läuft. Es ist der einzige Moment, in dem sie mir ganz furchtlos erscheint, ganz in ihrem blitzschnellen Element.

Vorsichtig und mit einem leisen Kratzen stakse ich auf den Kufen meiner Schlittschuhe die Stufen hinunter zum Eis. Ich stütze mich an der erdbraunen Böschung ab, mit dem Rücken zu Charlotte schwebt mein Bein, senkt sich ab, bis ich wieder festen Boden spüre, dann das zweite, und Charlotte lacht in den höchsten Tönen, während über uns die Raben durch die Luft sausen, Kreise ziehen, mit ihren schwarzen Flügeln rudern. Charlotte greift nach meiner Hand. Ich tue so, als hätt ich's nicht bemerkt, ich halte die Arme frei in der Luft. Meine ersten Schritte sind kurz, sind mehr ein Stolpern als ein Gleiten, ich stottere so übers Eis, auf die Menschen zu, aufs Delta zu, in das der Kanal mündet, und ich zwing mich, nicht auf das Eis zu gucken, ich zwing mich, nicht zu sehr auf das Eisknacken zu lauschen, sondern einfach zu fahren, den Blick fest auf die langsam absackende Wintersonne gerichtet, die heute ganz orangerot scheint und alle Menschen sehr verwirrt, Licht ist hier niemand mehr gewohnt, also zumindest keines, das so hell ist und stark und mehr als ein diffuses Sickern durch die Wolkendecken. Charlotte fährt jetzt rückwärts, ein weiches Schlängeln aus den Hüften heraus, ein Mann blitzt an ihr vorbei, er trägt Schlaghosen und einen übergroßen Wollpullover. Eisstaub steht in der Luft, im Gegenlicht. Da tut es einen Ruck, meine Sporen verhaken sich im Eis, und ich stürz kopfüber nach vorn, wie in Zeitlupe sehe ich noch die Pirouette, die eine Eistänzerin neben mir dreht, dann spüre ich das Eis an meiner Wange, höre das Wasser von unten gegen die spiegelglatte Fläche schlagen; auf meiner Brust steht ein Hochhaus und es drückt mir die

Rippen zusammen. Charlotte schreit auf, sie saust zu mir, ihre Kufen kommen mit einem Ratschen dicht vor meiner Nase zum Halt. Ich kann die feinen Risse im weißen Leder ihrer Schlittschuhe erkennen, die Erdbrocken am Absatz, Nahaufnahme. Charlotte zieht mich nach oben, sie sagt, *Hättest du dich bloß erst einmal festgehalten!*, sie fragt, *Geht es, Charlie?* Ich schnaufe, ich ringe um ein paar Gramm Sauerstoff, mein Atem klingt wie der von Tante Liese, wenn sie die Treppe hochgestiegen ist. *Es geht*, sage ich, obwohl es gar nicht geht. Charlotte greift wieder nach meiner Hand, dieses Mal fasse ich zu, und ich merke, dass ich beinahe weine, ein Reflex, da lässt sich nichts machen. Charlotte hält meine Hand ganz fest, ihre steckt in einem dicken Fäustling, ich spüre ihre Finger kaum, wie sie mich da hinter sich herzieht, langsam und regelmäßig mit den Flanken ausholt, da fühle ich mich, als würde ich abtransportiert, ich fühle mich, als wäre ich wieder ein Kind. Es ist kein gutes Gefühl. Links von uns angeln zwei Frauen in Daunenjacke giftige Fische, sie haben ein tiefes Loch ins Eis geschlagen und hocken auf ihren hellgelben Klapphockern, Tee in der Hand. Um die Eistänzerin hat sich ein Kreis gebildet, Kinder klatschen. Ein Stirnband hält ihr die Dreadlocks aus der Stirn, um die Hüfte hat sie eine Fleecejacke geknotet, violett, und als sie ihr Bein nach hinten streckt, abknickt, die Augen schließt, nach ihrem Knöchel greift und sich dann in Windeseile dreht, da springt etwas in mir auf.

Ich lasse Charlottes Hand los und sage, *Wir müssen über Silvester reden.*

Du hast die Einladung gefunden, meint sie, und ich gucke nur, spüre, wie die letzten Ziegel des Hochhauses auf meiner Brust sich langsam, langsam in Luft auflösen, in Wohlgefallen, ich kann wieder atmen.

Welche Einladung?, frage ich, und das Wirbeln der Eistänzerin verebbt, sie fährt auf die Kamera ihrer Freundin zu, bremst ab, streckt Zeigefinger und Mittelfinger in die Luft. *Die Partei hat mich auf ihren Dampfer eingeladen*, meint Charlotte, *Zu Silvester, aber ich gehe nicht hin*, und jetzt gucke ich sie völlig entsetzt an, ich denke an Ante und Alf, an das neue Video, das sie für *Kraftausdruck* gedreht haben, der Song heißt *Vom Ende der Wackness*, und dass der Track ein Abgesang auf die Partei ist, ist eigentlich glasklar. Früher dachte ich immer, dass Charlotte und ich uns da ein Stück weit einig wären, wir haben die Verwandten erst ausgelacht und dann argwöhnisch beäugt, die die Partei gewählt haben, Tante Liese und Onkel Gabriel, und dann noch diverse Cousins und Cousinen. Aber jetzt, wo Charlotte vor mir steht und die Nase über die Dreadlocks der Eistänzerin rümpft, die im Übrigen die coolste Frau ist, die ich jemals gesehen habe, muss ich mir eingestehen, dass ich es auch ganz schön lange vorgezogen habe, nicht genau darüber nachzudenken, welches Mindset meine Mutter wohl zwangsläufig haben *muss*, wenn sie für die Bürgerwehr arbeitet und auf Sicherheitskongresse fährt und sich sogar privat mit diesen Leuten trifft. *Ich gehe nicht hin*, wiederholt sie, *Wir sind doch verabredet, du und ich und vielleicht Moni*. Aber dass sie abgesagt hat, das interessiert mich gar nicht mehr, da hör ich schon gar nicht mehr hin, wichtig scheint mir grade nur, *dass* sie eingeladen wurde und *dass* man sie kennt, die Partei kennt sie und sie schätzt meine Mutter. Ich schätze die Partei nicht, Ante und Alf erst recht nicht, und meine Mutter schätzt Ante und Alf nicht, plötzlich liegt alles ganz klar auf der Hand, *Ich habe etwas andres vor, ich feiere beim Label*. Das habe ich gesagt. Charlottes Scharlachwangen leuchten nicht mehr, und ich hasse es, dass ich dafür verantwortlich bin, *Ich will einfach nur meine Ruhe!* Ich hole aus und fahre los, meine Schritte stottern noch immer, aber langsam werden die Bewegungen weicher, ich gleite über das Kanaldelta dahin, weg von Charlotte und vorbei an kleinen Kindern, die auf Schlitten geschnürt über die Eisfläche gezerrt werden, vorbei an dem Mann, der ganz versonnen lächelt und sich selbst fotografiert, ich fahre unter der ersten Brücke hindurch, Charlotte kommt mir nicht nach. Und ich fahre weiter, weiter, der Wintersport und all die Menschen werden ferner, farbige Punkte, ganz weit weg, und die Häuser am Kanalrand wandeln sich hin zu Fabriken, kleinen Häfen und recht dünn besiedeltem Gebiet.

Erst als ich nicht mehr kann und meine Lungen glühend heiß sind, bleibe ich stehen. Das stillgelegte Zigarettenwerk, auf dessen Dach sich immer noch der riesige Cowboy dreht wie ein ewiges Denkmal, ist gar nicht weit. Die Kaffeefabrik, die hohen Schlote grau vor grauen Wolken. Zurück werde ich einen Bus nehmen müssen, und Charlotte wird sich sorgen, kann ich mit Schlittschuhen an den Füßen überhaupt laufen, Bus fahren, Treppen steigen, ich habe keine Ahnung. Ich lasse mich einfach aufs Eis fallen und starre in den Himmel, den letzten Krähen hinterher. Und ich wünsche mir, dass Charlotte in einen langen, fernen Urlaub fährt, oder dass ich irgendwie an Geld komme, sodass ich ausziehen kann, dass ich mich das traue und ernst mache, ganz egal, ob ich in einem Souterrainzimmer an einer Hauptstraße lande oder in einer Zehner-WG, völlig egal.

Mein Blick fällt auf die Eisfläche, und da reißt es mich kurz hoch, unter mir treibt eine Ratte auf dem Rücken, schockgefroren, ziemlich tot.

So schnell ich kann, stehe ich auf, stolpere beinahe, ich schlittere zur Böschung und ziehe mich hoch, stakse so durch die Erde, immer wieder sinke ich ein. Es wird dunkler und kalt und als mir gerade so richtig trostlos werden will, da fällt mir ein, wie sehr Alf und Ante immer stöhnen über die viele Arbeit und die klagenden Freundinnen und die mangelnde Me-Time und all das, und dass es dafür eine gute Lösung gibt: Sie könnten mich einstellen, als Assistenten oder sonst was. Und auf der Feier werd ich sie fragen.

Charlotte

<u>Hier oben auf dem Dach ist's kalt wie auf dem Mond bei Nacht. Polarwind jagt mir um die Nase, er bringt mein Haar in Unordnung, das mag ich ja</u>

gar nicht. Monikas Haar bleibt standhaft, ihre braunen Locken krallen sich an ihrer Kopfhaut fest wie kleine Schnecken. Auch damals während der Ausbildung war sie die Einzige, die selbst nach den Tarnmanövern so aussah wie vorher, während wir anderen uns gegenseitig die Kletten aus dem Haar zupften wie Läuse, uns Erdkrumen aus der Nase und den Ohren pulten, uns in den braunen Netzen verhedderten, die wir trugen; Monika stolperte nie.

Sie hat sich in der Hotelküche ihr Fertiggericht zubereitet, *Kartoffelbrei rustikal, die lassen sie da rein, mich nicht.* Ich frage mich, ob ich irgendetwas Unseriöses an mir habe, etwas Anrüchiges, aber vielleicht kann mir das nicht schaden, so eine zusätzliche Facette. Jetzt isst Moni gelben Brei mit roten Stücken aus einem Plastikbecher. Die Fertignahrung wird sie irgendwann ins Grab bringen, und aus dem hole ich sie nicht wieder raus. Ich habe das Bedürfnis, Jakob eine Postkarte zu schreiben, ich schriebe darin, *Jakob, du hast immer gesagt, ich könne nicht zupacken, hätte Angst vor allem, was echt und was schmutzig ist, und jetzt bin ich hier und in meiner Hand liegt schwer ein Gewehr, vermutlich werde ich es nie benutzen, aber trotzdem, sieh mich mal an, schau mich doch einmal an!* Ich betrachte den schwarzen Himmel, und kein einziger gnädiger Stern ist zu sehen, nicht mal ein Helikopter, der mir sagt, es wird schon werden. Es ist nicht so, dass ich oft an Jakob dächte, aber eigentlich dann doch jeden Tag. Und ich schriebe weiter in meinem Brief, *Bist du denn verrückt geworden, dass du deinen Sohn nie kennenlernen wolltest, Charlie Venus, ein gestandener Praktikant mit verborgenen Talenten und einer Empathie und Haar, das an denselben Stellen Wirbel hat wie deines.* Gerade kommt er mir irgendwie abhanden – bei dem Gedanken kriege ich schlimme Seenot. Schnell rufe ich mich zur Ordnung, ich werde Charlie nicht verlieren, ich muss nur wachsam sein. Ich darf ihn bloß nicht aus den Augen verlieren, auch seine Bedürfnisse nicht, aus ihm wird jetzt ein Mann, das muss nichts Schlechtes heißen. Die Mobilfunkantenne schimmert im Mondlicht. Ich entferne mich ein paar Schritte von Monika, umrunde die Antenne und sehe in eine dunkle Richtung. Und ich frage mich, wann die letzte Postkarte von Jakob eigentlich ankam, woher noch gleich, wozu überhaupt diese Karten, die eigentlich nichts anderes sind als eine große Anmaßung. Auf einer war die Ruine einer Moschee zu sehen, auf einer anderen ein Haufen frisch geangelter Sardinen, glitschig und schillernd, einmal hat er mir das Foto einer Miniaturlandschaft geschickt, Berge und Gleise aus Pappmaschee, Plastik, Papier.

Unten heult eine Sirene und ich höre, wie Monika nach vorn an die Dachkante spurtet. Ich drehe mich um, hebe das Gewehr. *Nur ein Krankentransport*, ruft Monika mir zu. Fast wäre es mir lieber gewesen, unten auf dem Platz wäre eine Balgerei im Gang, ein Fahrradklau, etwas Handfestes eben. Etwas, das mir das Gefühl nimmt, hier auf dem Dach irgendwie *abgestellt* worden zu sein. Andererseits haben wir in der Ausbildung auch etwas über die psychische Belastung gelernt, ein Schuss, der schießt sich nicht mal eben so, Menschen schießt man nicht mal eben so an, die ballert man nicht einfach weg wie die Konservenbüchsen aus dem Training. Wir haben eine Lerneinheit über das *Schlechte Gewissen* gehabt, nach stundenlangem Observieren kann einem das Zielobjekt vertraut erscheinen, menschlich. Die von allen gefürchtete Subjektivierung des Weichziels setzt ein. Ebenfalls erschwerend für Zartbesaitete und andere Versager ist der Fakt, dass sie selbst sich in keiner Notsituation befinden. Man schießt, ohne tatsächlich in Gefahr zu sein, aus sicherer Entfernung. Berufliches und Privates konnte ich aber immer schon gut trennen, ein anderer Umgang wäre auch kaum zielführend. Wir schießen nicht zum Vergnügen oder aufgrund irgendwelcher Komplexe, sondern wir schießen, wenn ein Unrecht geschehen ist. Weil die Schicht heute gar so zäh ist, nehme ich einen tüchtigen Schluck Cognac, beeinträchtigt wird meine Treffsicherheit erst ab hundert Milliliter, das habe ich getestet. Ich schwenke das Gewehr in Richtung Himmel, in einem knappen, akkuraten Schwung.

Und auf einmal sehe ich etwas, eine Bewegung in der Ferne. Das ist kein Flugzeug und auch keine Rakete, über den Himmel rauscht etwas, es durchquert die finstere Leinwand in einer langen, leuchtenden Hyperbel. Und ich sehe ein Licht, so hell und so spröde, dass es Funken schlägt in der Nacht. Einen langen Streifen staubgroßer, blitzender Partikel, und Geißfüße, die ihre Spur in den Himmel treten, zarte, helle Hufe. Leuchtweiß im schwarzen Firmament. Ich denke plötzlich, dass ich das nicht sehen sollte, aber zu spät. *Ich hätte heute daheim bleiben, mir irgendein Attest holen sollen*, denke ich noch. Aber zu spät, zu spät. Ich höre ein Bellen – hör' ich ein Bellen?, ich hör' ein

Geläut – hör' ich Geläut?, das Heulen der Nachteulen und ein Gejammer, ich höre ein Hämmern, ein Rattern, ein Zurren – hör' ich ein Zurren? Ich sehe Gestalten am Himmel, und zugleich sehe ich sie nicht. Es könnten Derwische sein oder Tiere, zerschossene Kometen oder eine große Einbildung. Monika scheint nichts zu bemerken. Ihr Gesichtsausdruck ist gewohnt dröge, aber nicht ängstlich. Ich spüre, wie kalter Schweiß aus meinen Poren tritt. Spüre, wie die Hitze und der Schweiß sich unter meiner Uniform sammeln und stauen, das Material ist billig, raschelndes Plastik, in der Verarbeitung miserabel. In Stressmomenten neige ich zu erhöhter Transpiration, *Eher ungewöhnlich für einen Vata-Typ*, so hat ein Heiler mir das einst erklärt. Der Himmel leuchtet noch einmal auf. Ich höre ein hohes, ungutes Lachen, es zieht sich lang durch die Nacht und ist kalt wie Metall.

Und ich frage mich, ob Charlie zu Hause ist oder draußen in dieser eigentümlichen Nacht, während ich selbst Zeugin dieses finsteren Spektakels bin.

Erst nach einer Weile beruhigt sich der Himmel wieder. Es wird ganz leise, die Nacht vollkommen lautlos. Der Funkenstreif verblasst, erlischt am Ende ganz, als hätte man ihn sachte ausgeknipst. Der Wind fährt mir in meinen Ärmel, links hinein und rechts hinaus. Das Berliner Stadtlicht fließt über die Nebelwand, das Rauschen steigt herauf aus allen Straßen, die Stadt ist zurückgekehrt, das Himmelsspektakel verschwunden. Ich überprüfe meine Sehfähigkeit. Ich zwinkere, sehe nochmals durch das Zielfernrohr, ich stelle auch meine Gedanken zwei Klickzahlen schärfer. Die abstrusen Prophezeiungen meines Yogalehrers und sein Gerede von den Rauhnächten kommen mir in den Sinn, von den Wesen, die sich in dieser Zeit angeblich zwischen den Häusern und besonders gerne in den Tankstellen und Imbissen herumdrücken, so heißt es ja, die Schabernack treiben und spuken, dafür sorgen, dass die Kühltruhen im Spätverkauf ausfallen und die Scharfschützen von allen Dächern stürzen. Die sogenannte *Wilde Jagd*. Ich stemme meine Füße fester in die vereiste Dachpappe. *Lieber Jakob*, beginne ich die endlose Postkarte erneut, *du kannst jetzt gehen, bitte geh. Es gibt andere Geister, ich habe sie eben gesehen, und dich braucht doch kein Mensch.* Aber ich weiß, es wird sich nichts ändern. Jakob wird sich in meinem Kopf halten wie Ruß.

Moni kommt zu mir, sie lächelt mich so friedlich an, dass ich ganz sicher weiß: Sie hat nichts mitbekommen. Und meine Kameradin hält mir eine angebissene Wurst hin, sie ragt blutrot aus ihrer Plastikhülle. *Kleine Stärkung?*, fragt sie, und obwohl ich mich vor Essensresten ekle, grundsätzlich, steck ich mir die Wurst in einem in den Mund und schließe meine Augen.

Charlie

<u>Ich schlenkere in der U-Bahn quer durch die Stadt, eine Kiste mit der Drohne auf dem Schoß, die ich für Alf und Ante geholt habe, Sonnenstrahlen brechen ins Abteil wie Stanniol, draußen blitzen die Hausfassaden vorbei, die grünen Balkons</u>

der Plattenbauten, zitternde Raucher, die in Decken gehüllt vor ihren Wohnungen stehen, Fahnen hissen, Nachbarn grüßen. Solche Kurierdienste mag ich am liebsten, ich habe immer das Gefühl, ich bin schwer aktiv, wenn ich bei irgendwelchen Leuten vorbeischaue, bei Fremden und Bekannten und dann beispielsweise sage, *Hey, ich komme von Asphalt Musik, es geht um die Drohne für den Videodreh*, und dann nicken die Leute und sagen, *Ja Mann, wir wissen Bescheid*, wobei es in diesem Falle etwas komplizierter war; die Partei hat den Verkauf von Drohnen an Privatleute längst untersagt, Drohnen seien allein politischen und sicherheitstechnischen Anlässen vorbehalten, heißt es, aber wie immer gibt es Schlupflöcher, Ausnahmen der Regel, und Alf und Ante sind gut darin, sie zu finden. Dieses Mal hat ein befreundeter Künstler uns geholfen, der eine gigantische Installation mithilfe einer Drohne plant, die wiederum sein Maschinenbauer beigesteuert hat, und darum bin ich also durch ein riesiges Atelier gelaufen, mir wurde verschwörerisch die Kiste überreicht, während um mich herum Lampen gesaust sind, die sich mithilfe der Drohnen selbst bewegen können, und der baumhohe Maschinenbauer hat mir zugezwinkert, genickt und gesagt, *Wie schön, dass du den Sellerie persönlich abholen kommst*, und wir haben gelacht.

Ich öffne die Kiste einen Spaltbreit und sehe dieses zarte Gestell, das beim Videodreh über eine Brandenburger Wüste schwirren und Aufnahmen aus großer Höhe machen wird, ich stelle mir vor, wie es ruckartig über den Himmel zucken wird, ganz anders als die Greifvögel, die Onkel Gabriel und ich immer in dem großen Park besucht haben, dem *Adlershorst*. Die Vögel hatten kleine Metallketten um die knorpeligen Krallen gelegt, hockten auf ihren Holzstümpfen wie mürbe gewordene Schwerverbrecher, hinter ihnen standen kleine, schäbige Holzhütten, wie hohe Hundehütten sahen sie aus. Wir begutachteten die Seeadler, die Schmutz- und die Rabengeier, bei den Geiern hielt ich mich stets ganz dicht beim Onkel, der seinen Körper wie immer in viele Schichten von Filz und Leder gewickelt hatte, ob Sommer oder Winter, man wusste nie, wo bei Onkel Gabriel der Körper begann und die Bekleidung aufhörte, vielleicht war der Übergang ja auch fließend, vielleicht zog er sich niemals gänzlich aus. Als kleines Kind hatte ich Angst vor ihm gehabt, wieder und wieder erzählte mir Charlotte, wie ich mich gesträubt hatte, wenn ich ein *Küsschen* auf seine von einem Feuermal violett verfärbte Gesichtshälfte drücken sollte, irgendwann gab die Familie es auf. Während mein Onkel und ich die Adler besuchten, ging Tante Liese ins Sparlandia, ihren liebsten Großmarkt. *Die Vögel stinken*, sagte sie, außerdem durfte der Hund nicht mit in den Park, die Geier machten ihn noch nervöser als mich, ihr stumpfes Auf und Ab auf den Holzblöcken, das leise Klackern der Fußketten. Es war aber Onkel Gabriels Lieblingsort, er kannte die Namen aller Vogelarten, ihr Herkunftsgebiet;

und er konnte ihre Schreie imitieren, dass es einem kalt den Rücken runterlief. Das tat er besonders gern, wenn Tante Liese vor dem Fernseher eingenickt war und wieder einmal zu schnarchen begonnen hatte, sie fuhr dann schimpfend auf und drohte meinem Onkel mit der Fernbedienung, Onkel Gabriel rupfte sie ihr aus der Hand, versteckte sie in seiner Hose, vielleicht zog der Onkel sich doch manchmal aus, man konnte nie wissen. Im *Adlershorst* gingen Onkel Gabriel und ich immer erst einmal eine Runde, auch die Eulengehege ließen wir nicht aus und nicht die mit den Falken, und kamen schließlich zu der Tribüne, an der die Flugschau stattfinden sollte. Wir setzten uns gleich in die erste Reihe auf die zerkratzten Plastikschalen, die hier als Sitze dienten, ich war mir sicher, die Kratzer stammten von den spitzen Schnäbeln der Vögel, die ihre Wut an den Stühlen ausgelassen hatten, überhaupt kamen mir die Tiere unberechenbar vor, ihre Flugrouten, ihre Stimmungen. Manchmal schien es mir so, als ließe der Falkner die Geier absichtlich tief über die Köpfe der Zuschauer hinwegschießen, wie konnte ich sicher sein, dass keiner der Vögel mir die Augäpfel im Flug herauspicken würde, einfach nur, weil er einen schlechten Tag hatte? Mein Onkel klappte zufrieden schnaufend seinen großen, karierten Wagen auf, den er stets hinter sich herzog, er holte eine Thermoskanne heraus, zwei angeschlagene rote Blechbecher, eine Stange Kekse und seinen umständlichen Fotoapparat, er trug immer alles bei sich, war für alle Not- und Zwischenfälle gewappnet, manchmal hatte er sogar einen Klappstuhl dabei, der sich wie ein Regenschirm zusammenfalten und in die Erde spießen ließ. Ich legte den Kopf in den Nacken und sah zu, wie die Adler ihre Schwingen ausbreiteten und große Achten in den Himmel schrieben, und Onkel Gabriel sagte, dass ich mir was von den Adlern abschauen sollte, von diesem stolzen Federvieh, das stets in höchster Höhe flog, über den Wolken, wo die Luft taufrisch war und rein. Ich nickte, hörte mit halb zugeklappten Ohren zu und vermisste meine Mutter, es war ja nicht so, dass ich nicht gern bei Gabriel und Liese wohnte, auch wenn ich es nicht mochte, dass die ganze Wohnung immer nach Nikotin, Hundefell und Mettwurst roch, aber jetzt war sie schon so lange weg, dass sie nicht einmal die neue Frisur kannte, die Tante Liese mir mithilfe eines Nudelsiebs geschnitten hatte. Der Adler stieg hoch hinauf, der Falkner stieß einen Pfiff aus, und der Adler schoss zu Boden und stieß seinen Schnabel in die Erde, vielleicht auch direkt in den felligen Bauch einer Maus, und ich streckte die Finger aus und rechnete stumm nach, wie lang es noch dauerte, bis Charlotte von ihrer Fortbildung aus der Slowakei zurückkehren würde. Sie trainierte dort das Schießen, das Anpirschen, *Die Konditionen dieses Schießcamps überzeugen mich einfach*, hatte sie Tante Liese und Onkel Gabriel erklärt, *Es gibt zwanzig verschiedene Waffen zur Auswahl, die Proteinshakes sind auch inklusive*, sie wirkte zufrieden und voller Tatendrang, als sie mich bei ihnen abgab, mit Sack und mit Pack. Onkel Gabriel hatte genickt, er klopfte Charlotte auf die Schulter und sagte, *Ich habe immer gewusst, dass wir aus demselben Holz geschnitzt sind, liebe Lotte*, und ich wusste nicht genau, wie er das wohl meinte. Und dann war sie weg.

Hast du heut an das Buch gedacht?, sagte der Mann mit der schuppigen Nase jetzt zu Onkel Gabriel, der neben ihm stand, *In den Läden kriegt man ja heutzutage keine anständigen Bildbände mehr*, und mein Onkel nickte und sagte, *Man muss sich Freiräume schaffen*, und er kramte in seinem Wägelchen, er reichte dem Mann ein Buch, der Einband war tanngrün und alt, ich kannte es aus seiner Wohnung. In dem Buch gab es jede Menge Schwarz-Weiß-Fotos von Jagdhunden, noch mehr Fakten und Wissenswertes über die verschiedenen Rassen, die erste Seite war zugeklebt, ich wusste nicht, warum.

Der Mann bedankte sich für das Buch, er klappte es auf, strich kurz über die fest verpappte Seite und tat so, als hätte er sie nicht bemerkt. *Wenn sich die Menschen doch bloß auch an diese Zuchtgesetze hielten*, sagte er und lachte dabei ganz gemütlich, *und an die Trennung aller Rassen, dann würde sich die Volksgesundheit rasch erholen*, und Onkel Gabriel wiegte den Kopf, gerade genug, um zustimmend zu wirken, zu wenig, um wirklich eindeutig zu sein.

Das Gespräch kam mir seltsam vor, ungut, über dem Eingang unserer Schule hing ein Plakat, *Schulen gegen Rassismus* stand darauf, ich hatte es selbst mit verziert, meine Handflächen in moosgrüne und eigelbe Farbtöpfe getunkt und die Abdrücke meiner Hände so fest aufs Plakat gedrückt, dass die Farbe seitlich hervorquoll, ich hatte nicht das Gefühl, dass dieser Mann seine Handfläche ebenfalls zur Verfügung gestellt hätte, ganz im Gegenteil.

Als die Schau vorbei war, kettete der Falkner den Adler wieder an einem kleinen Höckerchen fest, der Adler sah mich gramvoll aus seinen eitergelben Augen an, bestimmt war er wütend, dass er meinetwegen diese Mätzchen hatte machen müssen; dass ich von diesem Ort verschwinden konnte und er nicht.

Onkel Gabriel streichelte über meinen Kopf, *Wollen wir die Tante mal aus ihrem Einkaufsparadies holen, Karlchen?*, fragte er, und ich nickte, *Nicht dass sie unsere letzten Groschen verbrät*, sagte Onkel Gabriel zu seinem Nachbarn und beide lachten verstohlen. Onkel Gabriel nannte mich niemals Charlie, obwohl das alle sonst taten, er fand, dass man meinen Namen nicht verhunzen sollte, genauso wie er fand, dass man beim Minigolf und Frühstück nichts trinken sollte, er hatte so seine Prinzipien, die sich nicht immer mit Charlottes Lebensstil vertrugen.

Die U-Bahn hält, spuckt mich aus, ich glaube nicht, dass Onkel Gabriel glücklich wäre, wenn er wüsste, für wen ich jetzt arbeite, ich habe mal überlegt, ob ich in unserem mehr oder weniger lahmgelegten Familienchat die frohe Botschaft verkündigen soll, dass ich einen guten Praktikumsplatz habe, aber wozu, ich weiß nicht einmal, wann ich meinen Onkel zuletzt gesehen habe. Charlotte verkraftet die Wohnung der beiden nicht so gut, *Die Hygienebedingungen übersteigen die Grenze des Erträglichen*, findet sie. Das Plakat mit den Fingerabdrücken hängt seit Jahren nicht mehr über dem Schuleingang, der Senat hat beschlossen, dass es sich dabei um staatsfeindliche Propaganda handelt, es wurde abgenommen und wir Schüler sollten es auf dem Pausenhof zerschneiden und in die Mülltonnen kloppen, ein Akt der Befreiung, wie unser Direktor gesagt hat. Ich habe meinen Handabdruck ausgeschnitten, ich habe ihn mitgenommen und er liegt jetzt im Nachtschrank wie etwas Verbotenes, das immer noch ganz leise vor sich hin pocht.

Auf dem Bahnsteig geht eine Frau entlang, sie trägt lange bunte Röcke und ein Tüchlein im Haar. Während sie *Besame Mucho* auf der Geige spielt, schief und schrill wie eine Nadel auf der Tafel, sagt sie abwechselnd *Guten Morgen!* und *I forgive you!* zu allen Passanten. Ihr Kopf nickt nach rechts und nach links, immer wieder, wie ein Metronom, und sie hört nicht auf, auch wenn nicht einer reagiert.

Charlotte

<u>Am Bug des Schiffs klebt eine Seejungfrau. Sie hat einen Fischschwanz, hell schimmernd, sie hat ein Paar Augen, die Scheinwerfer sind.</u>

Ein kleiner Steg führt aufs Schiff, er sieht marode aus, schmal, ist so ein Zugang zulässig? Ich schätze das Risiko ab, heute zu Silvester möchte ich *gar* nichts riskieren, ich bin ja nicht irre. Aber dann drücke ich die Wirbelsäule durch und tue die entscheidenden Schritte über den Steg, so leichtfüßig und elegant wie möglich. *Charlotte Venus schwebte über den Steg*, das werden sich die Gäste später sagen, *sinnlich und voller Anmut*. Die Musik, die aus der Kabine drückt, ist laut und bumsfidel. Hits, die auch Tante Liese gerne hört, wenn sie Geburtstag feiert, ihr teefarbener Hund sich auf dem Teppichboden wälzt und diverse Gäste umkippen wie die Mannscheiben, auf die wir in der Slowakei stundenlang geballert haben. Nun stehe ich also auf dem Boot, es gibt kein Zurück, es sei denn, ich drehe mich einfach um und gehe. Ich zwinkere dem Türsteher zu, aber für so etwas ist er nicht zu haben. Stattdessen packt er mich am Arm, als ich an ihm vorbeiziehen will, das finde ich sehr rüde. *Name*, schnarrt er mich an, und als ich *Charlotte Venus* sage, macht er eine obszöne Geste, er stößt mit der Zungenspitze von innen gegen seine stopplige Backentasche. *Steht nicht auf der Liste*, sagt er dann. An mir ziehen andere Gäste vorbei, keinen davon hält er auf, er belästigt auch niemanden außer mir. Ich überlege schon, ob eine Anzeige zielführend wäre, aber ich stehe auf dem Partyschiff einer Partei, die sich dafür einsetzt, dass ein natürlicher, womöglich erotisch aufgeladener Akt zwischen Mann und Frau auch dann nicht mehr geahndet werden kann, wenn er einseitig ist und spielerische Berührungen beinhaltet, immerhin dient er ja dem Fortbestand des Volkes. Indirekt zumindest. Seltsam, dass mir nie aufgefallen ist, wie hirnrissig dieses Gesetz ist. Gerade will ich mich entrüstet abwenden und meinem Abend eine angenehmere Richtung verleihen, ein erster Schritt wäre ja schon mal ein ordentliches Glas in sympathischer Gesellschaft. Aber genau da erscheint der Schatzmeister der Partei gleich hinter diesem Rüpel. Er trägt einen schmalen Anzug, mörtelgrau, und winkt mich zu sich. In dem Moment ist die Sache geritzt. Ich spucke der Pissnelke von Türsteher auf seine alberne Liste, nein, diesen Auftritt wird so schnell niemand hier vergessen. Ich hake mich beim Schatzmeister unter und sehe mich motiviert um: Wo stehen die Getränke? Es ist aber wie immer, ehe man sich amüsieren darf, gibt es einen elenden Pflichtteil zu absolvieren, das kenne ich ja schon aus Wien, wo es dann später umso lustiger geworden ist – zumindest lässt mein Filmriss darauf schließen. In weiter Ferne blitzen mir randvoll gefüllte Weingläser zu, Rotwein, Weißwein, Rosé, Schaumwein sogar, aber vorher kommen die Schautafeln. Oh, die werde ich gerade noch überstehen. Die erste ragt mir buchstäblich in meine Zielgerade hinein, *Darauf hat unser Illustrator auf humorvolle Art und Weise die Prinzipien der Partei dargestellt*, meint der Schatzmeister beschwingt. Eine Gruppe von Frauen mittleren Alters läuft in grotesken Dirndln an mir vorbei, der Stoff ist fadenscheinig, glänzt wie Plastik und endet weit über den Knien. Ich fixiere die Infografik einer Tafel. An meinem Arm hängt immer noch der Schatzmeister, er scheint sich zu freuen, dass ich mich den Inhalten der Partei jetzt widme und goutiert es mit einem wohligen Ächzen.

Im Grunde habe ich schon nach dem ersten Bild genug, aber der Schatzmeister zerrt mich weiter von Tafel zu Tafel. Sein Griff ist mir jetzt unangenehm, er schnauft. Bestimmt erwartet er nun eine lockere, anerkennende Bemerkung, den richtigen Scherz, vielleicht auch ein Lob, aber ich bringe nichts heraus. Dafür sind diese Zeichnungen zu derb, beinahe schauerlich. Unwirsch reiße ich mich von ihm los, soll er doch seinen Praktikanten holen und ihm diesen Ramsch zeigen. Der Schatzmeister keucht, *Nur nicht so stürmisch, liebe Frau Venus*. Das hier ist aber auch *mein* Silvesterabend und ich habe wahrhaftig nicht vor, ihn mir durch diese billige Parteipropaganda verderben zu lassen. Habe ich das eben wirklich gedacht? Das habe ich. In diesem Moment tut das Schiff einen Ruck. Es hat abgelegt, die nächsten Stunden gehöre ich also der Partei. Au wei.

Burschi

<u>Bei uns auf dem Dorf war der Fasching sehr wichtig. Er wurde mit Pauken-Trompeten gefeiert, er gab alles vor.</u>

Die Metzgerinnen trugen Hütchen auf den Locken. Die Schweine quiekten Scherze. Die Kühe wechselten die Farbe und wir verdienten uns beim Straßensperren dumm und dämlich, zumindest beinah. Daheim buken wir Krapfen, weiche, helle, leichte Leiber, die wir ins Fett warfen, ohne Erbarmen; da zischten und bitzelten sie, bis wir sie herausfischten und füllten, mit Marillenmarmelade und Mus und Himbeergelee.

Ich legte es auch mal drauf an und füllte die Krapfen mit Senf und anderem fiesen Zeug. Wie ich da mit einer alten Besamungsspritze die Krapfen präparierte, Sägemehl hineindrückte und diebisch feixte, da fühlte ich mich wie eine der Wetterhexen, von denen die Oma uns immer erzählt hatte. Ich vollbrachte ein finsteres Werk, fehlte bloß noch, dass ich die Krapfen mit Sprüchen aus dem Schwarzbüchl verwünschte, aber wo man sich das beschaffen konnte, das hatte uns die Oma nie erzählt. Später dekorierte ich die Spezialkrapfen mit schweinsrosa Zuckerherzen, streute Regenbögen aus Streuseln auf, strich die Schokoladenglasur fingerdick drauf. So warf ich Köder aus. Sorgte für Wirrwarr im Haus. Wenn doch sonst nie was passierte.

Abends packten wir uns dick ein und stiegen runter ins Dorf, wir traten durch eine mondhelle Nacht, durch einen feuchten, kalten Schnee. Beim *Fassler* brannten schon die Lichter, und auch hier war man sicher vor Überraschungen, da gab es gar nichts zu befürchten und auch nicht viel zu hoffen. Seit Jahren stand auf ihrer Speisekarte, was jeder längst kannte. Schweinsbraten mit Kraut und mit Knödeln. Lungenhaschee. Pommes frites ohne Majo. Schnitzel, gemischtes Eis, Bier. Der *Räuberteller* für den kleinen Gast. Die Barbara und ich drückten die Tür auf, wir lechzten nach der Wärme der Stube. Am grell ausgeleuchteten Ecktisch saßen sie schon, mehrere Generationen der Dorfjugend, sie drückten sich auf der Bank zusammen und steckten ihre roten Gesichter in große Maßkrüge voll Spezi und Bier, die zerschrammten Ellbogen auf die Resopaltischplatte gestemmt. Ein paar schafkopften, stimmbrüchige Stimmen vertrauten einander Dinge an, die Jungen lachten, die Mädchen rülpsten laut. Und umgekehrt. Witze wanderten um den Tisch. Die Dorfjugend rückte zusammen, sie nahm uns auf in ihren Kreis, da flogen auch schon die Bierdeckel durch die Luft, die Wirtin deckte den Tisch. *Wos derfs sei?*, fragte sie die Barbara und mich, und die Barbara bestellte sich ein Radler und sagte zu mir, *Kriegst einen Schluck, wenn du später die Gosch'n hältst*. Würde ich. Eh klar. Hinten am Tisch saßen die Burschen und beratschlagten in sachte sich überschlagender Tonlage, wie morgen zu verfahren wäre. Ich ahnte, worum es ging, gerüchteweise hatte ich davon gehört, dass sie dieses Jahr zum Faschingsumzug einen Festwagen geplant hatten, der eine echte Sensation sein und uns allen die Gummilatschen ausziehen sollte. Mein Gefühl sagte mir, dass es sich gut traf, dass ich da ganz aus der Schusslinie war. Ich war keine Berühmtheit im Dorf. Ich war ein Kind. Ich hatte keinen Betrieb, nicht mal meinen Eltern war jemals ein Wagen gewidmet worden, sie fuhren ja selbst keinen vor. Die größten Wägen stammten von der Metzgerei Sammer, vom Bammel, dem Konditor und von dem Bürgermeister der Kreisstadt, der warf mit den Bonbons, mit denen die Barbara und ich uns Jackentaschen und Fäustlinge verstopften, um sie dann abends in unserem Doppelbett behaglich zu verzehren. Die Barbara reichte mir den Krug mit dem Radler, schon nach dem ersten, eiskalten Schluck war mir unzuverlässig zumute. *Ich verlass mich auf euch*, sagte die Wirtin zum Xaver, als sie die Pommes frites vor ihm abstellte, was auch immer das heißen sollte, darauf konnte ich mir kaum einen Reim machen. Der Xaver spritzte Ketchup auf den Pommeshaufen, er spritzte es der Barbara in ihr Gesicht, er sagte, *Wehe, ihr verpasst morgen unseren Wagen*. Die Barbara kicherte, sie sagte, *Los, leck es ab*, und ehe Xaver Anstalten machte, derlei zu tun, stand ich schon schnaufend am Waschbecken der kleinen Toilette. Ich sah in den Spiegel, in meinen Augen glänzte der Alkohol. Würde mir je ein Junge Ketchup vom Gesicht lecken wollen, fragte ich mich. Würde ich das jemals wollen? Würde mich je ein Junge küssen wollen, würde ich mich je dazu bereit erklären, war es in Ordnung, dass ich mir das mehr von einem Mädchen wünschte? Ja, dachte ich, das war in Ordnung, solange nur niemand hier im Dorf jemals davon erfuhr.

Am Tag darauf standen wir pflichtschuldig in der Kreisstadt. Die Barbara hatte sich im Drogeriemarkt noch mit verschiedenen ihre natürliche Schönheit verstärkenden Produkten eingedeckt, ich hatte sie im Schatten des Dolomitendöners damit anmalen müssen, die Augenbrauen dunkel, die Wangen lachsrot, auf die Lippen ein feuchtrosa Glitzern. Ihren Versuch, das Gleiche bei mir zu tun, hatte ich erfolgreich abgewehrt.

Und nun warteten wir auf die große Sensation. Und auf die Bonbons. Ich hatte eine Plastiktüte eingesteckt und war mir gar nicht mehr sicher, ob die Barbara und ich überhaupt noch am selben Strang ziehen würden. Gestern auf dem Heimweg hatte sie mir erklärt, dass wir nun zwei verschiedenen Gattungen angehörten. Sie der der Jugend. Ich der der Kindheit. Fingen Jugendliche Bonbons? Oder tranken sie nur noch Bier und ließen sich von Jungen mit Stimmbruch die Wangen ablecken?

Traktor um Traktor schob sich vorbei. Tröten tröteten, Konfetti flog. Ein Chor sang ein Lied von den Bergen, der Liebe und den Adlern. Der Festwagen vom *Sammer* war mit Würsten behängt, sie schlenkerten im Wind, wenn der Traktor mal hielt, damit die Metzgerin der jubelnden Menge Cervelatscheiben darreichen konnte. Ich sah die Barbara fragend an, aber sie machte keinerlei Anstalten, sich darum zu bemühen. Dann riss sie die schwarz umrandeten Augen auf. Sie schlug sich die Hand vor den Mund und lachte los. Eigentlich lachten alle um mich herum. Der Wagen der Burschen fuhr vor, gesponsert von der Kreissparkasse. Als Erstes fiel mir auf, dass alle Perücken trugen, lange blonde Zöpfe, Pagenköpfe, lackschwarz, obenrum Frauenblusen, mit Luftballons als Brüsten drunter, untenrum Kniebundhosen, und umgekehrt hatten sie sich Bärte aufgemalt und trugen dazu gerüschte Kleider und Dirndl mit Schürzen. Als Nächstes sah ich die Sägen und Bretter, die Stämme aus Pappmaschee, die Stapel mit Kantholz. Der Wagen musste dem Sägewerk gewidmet sein, über die Besitzerin war im Dorf viel spekuliert worden, *Das ist nicht immer eine Frau gewesen*, hatte die Mama mal dem Papa zugeflüstert, und ich hatte nie nachgefragt, wie sie das meinte. Zwei Burschen auf dem Wagen hielten eine breite Säge zwischen sich, sie bewegten sie rhythmisch hin und her, um sie herum wurde im Takt mitgeklatscht, sie sägten an einem dicken Stamm. Oder es war doch kein Stamm. Sie sägten an einem riesigen Penis, der der riesigen Pappmascheefrau unten aus dem Rock hervorragte, die in der Mitte des Wagens aufgebaut war. Die Barbara lachte jetzt so heftig, dass sie beinahe weinte, die frisch aufgetragene blaue Wimperntusche schmierte über ihre lachsroten Wangen. Die Leute auf der Straße stießen Pfiffe aus, sie schnalzten mit der Zunge und riefen *Saubuam* und *Sauber* und anderes, nämlich *Spinaterer* und *Sägt ihn ab, sägt ihn ab*, und ganz oft noch hörte ich *Perverse Sau*, aber das raunte man sich eher zu, einander in die Mäntelkrägen. Ich spürte plötzlich eine leichte Panik. Um ein Haar hätte ich geheult und wusste selbst gar nicht wieso, ich kannte die Frau ja nicht einmal wirklich.

An die Seitenwände des Wagens waren Werkzeug und Unterwäsche geklebt, darüber stand *Tausche*. Der Büstenhalter fiel auf die Straße, ein Mann hob ihn auf und ließ ihn johlend über seinem Kopf kreisen. *Barbara*, sagte ich und zupfte am Ärmel ihrer roten Daunenjacke. *Barbara, hast du das gewusst?* – *Na logisch*, sagte die Barbara, *weißt nicht mehr, wie der die Mama angeschaut hat, des war voll pervers*. Die Barbara schüttelte sich und rief, *Ich würd mich umbringen, wenn ich so wär wie der!*

Und dann rief sie, *Komm, wir steigen zu denen auf den Wagen und machen da mit*, aber da merkte ich, dass ich wirklich gleich weinen würde, und sagte, *Ich schau mal, wo die Mama ist*. Und Barbara fetzte davon, sie ließ sich vom Xaver auf den Traktor ziehen, von wo aus sie behänd weiterkletterte und sich augenblicklich vom Rupert eine Axt in die Hand drücken ließ, mit der sie auf den Holzpenis einhackte. Und dann verschwand der Wagen langsam und schwerfällig aus meinem Sichtfeld, ruckte Meter um Meter davon. Ich sah mich um, ich sah, wie die Menschen sich zuprosteten und Kinder bunte Luftschlangen in die Menge warfen, sie saßen auf den Schultern der Eltern und hatten viel Spaß, alle hatten Spaß, warum lief ich also davon, lief und lief, bis ich auf das Spargelfeld vom Oberleitner kam, auf dem der Schnee mir bis zum Schenkel reichte und ich so lange stapfte, bis alles nass war, die Schuhe, die Hose, bis es auch schon egal war. Und dann ließ ich mich fallen.

Charlie

<u>Dass Charlotte vorhin gar nicht gut drauf war, als ich gegangen bin, das vergesse ich</u>

mal lieber ganz schnell. Sie ist eine erwachsene Frau, sie kann nicht davon ausgehen, dass ich Jahr um Jahr die Silvestertraditionen hochhalte, die wir uns mal ausgedacht haben, und ich darf auch nicht vergessen, wohin sie dieses Jahr geht, aufs Partyboot der Partei nämlich, und wohin das alles noch führen soll, das weiß ich auch nicht. Zu Hause hat sie sich schön gemacht, hat sich das Halstuch umgeknotet und ihr rotes Haar geflochten, und ich mich auch, was in meinem Fall bedeutet hat, dass ich einen Teil meines Haars abrasiert und den oberen Teil auf Kante geschnitten habe, ich habe das T-Shirt mit dem Kassettenprint angezogen und meine goldene Uhr.

Jetzt stehe ich vorm Eingang des Fotostudios, das Ante und Alf für die Silvesterfeier angemietet haben, vor der Tür steht ein Mann, der aussieht wie ein Ei, wie ein mit Ringen und Ketten behängtes Ei, da geht die Tür auf und Ante kommt raus und ruft, *Charlie Chaplin, geiiiiel, da bist du ja*, er zerrt mich hinter sich her und kann ja nicht wissen, dass ich mit ihm reden will und muss, er muss doch meine Zukunft retten und mich von meiner verrückten Mutter befreien, indem er mir einen lukrativen

Assistenzjob anbietet. Aber Antes Brille ist beschlagen, seine Hand pocht energetisch und ich beschließe, das hintanzustellen, später stehen wir dann entspannt bei einem Bier oder einem Gin Tonic da und klären die Sache, unter Männern, und unter Freunden. Drin ist es stickig. Von der Decke hängt das große Ufo. Stundenlang haben wir mit Alufolie daran herumgeklebt, Styropor zurechtgesägt, wir alle sind heute Teil der Raumschiffscrew, das ist das Motto der Party, und wir starten mit den Gästen ins neue Jahr, in ein Jahr, in dem die Liebe über den Hass siegen wird und Hip-Hop über Idioten, wie Alf es formuliert hat, und Fidan hat an seinem Joint gezogen und *Ja Mann* gesagt.

Alf steht hinter der Bar, ich schlage mit meiner Faust gegen seine und sage, *Hey, was geht*, und Alf sagt, *Manuela ist im Winterurlaub, die sind wir erst mal los!*, und ich sage, *Übelst nice! – Komm mal rum, Charlie*, sagt Alf jetzt, und ich quetsche mich hinter den Tresen aus Sperrholz. *Ich weise dich jetzt ein*, sagt er, *du hast doch schon mal Drinks gemixt?*, und ich sage, *Nein, aber ich kriege das hin*, und denke, dass ich dank meiner Mutter nicht ganz so schlecht aufgestellt bin, was meine Kenntnis über die verschiedenen Zutaten und Mischungen angeht.

Und dann zerrt Alf Kisten hervor und kleine Becherchen und erklärt mir, wovon wie viel und in welchem Verhältnis, er bittet mich, selbst nichts zu trinken, um den Überblick zu behalten, er erklärt mir eben die Preise, und da strömt plötzlich ein goldenes Licht in den Raum, denn die Tür öffnet sich und vor uns steht *Kraftausdruck* höchstpersönlich, und er ist wirklich noch mal beschissen cooler als in jedem Video, in jedem Interview, bei jedem Battle-Rap-Auftritt, den ich jemals je sah, von den weißen Turnschuhen an seinen Füßen bis hin zu seinen vergoldeten Zähnen und der Cap, auf die ein Stier gestickt ist.

Mein Herz rast. Ich sehe Alf an, aber Alf sieht nur Kraftausdruck an, er geht auf ihn zu und ich stelle die Flasche Bier ab wie in Trance. Charlotte hat mir immer gesagt, dass man sich mitten ins Geschehen werfen soll, *Immer ran an den Speck*, hat sie gesagt, *keine falsche Bescheidenheit, denn wer nicht netzwerkt, der ersäuft.*

Wenn das so ist, dann ersaufe ich gerade. Kraftausdruck hat mich nicht einmal angesehen, Alf macht keinerlei Anstalten, ihn mir vorzustellen, auch sonst beachtet mich eigentlich niemand, auch die nächsten zwei Stunden über nicht, in denen ich Bier um Bier öffne und Euro um Euro in die Kasse werfe, in denen ich Gläser nachspüle und Zitronen viertle und Minzblätter zupfe und Wodka in Schnapsgläser schütte und Eiswürfel crashe und die Suppe vom Tresen wische, die die Gäste dort mit ihren Gläsern hinterlassen.

Zu Alf und Kraftausdruck haben sich jetzt noch Sozialdilemma und Pseudoluchs gestellt, ihr neuer Song ist ziemlich hart, aber auch witzig, ein paar Lines springen immer noch so zwischen meinen Schädelwänden hin und her, sie zerwürfeln mir die Gedanken, und das würde ich ihr echt gerne sagen, aber das geht nicht, weil ich unsichtbar bin, einfach nur Teil des Inventars. Das Teil, das die Drinks mischt. Fidan stellt sich zu mir und sagt, *Fühlt sich schon ultimativ scheiße an, Praktikant zu sein, oder, Charlie?*, und weil er es ziemlich gut auf den Punkt bringt und gleich Mitternacht ist, sage ich nicht Nein, als er mir seinen Joint hinhält, denn jetzt ist es sowieso schon egal, und Fidan sagt, *Immer langsam, das Zeug haut den stärksten Fernfahrer um*, da ziehe ich nur noch heftiger dran, und in meinem Mund schmeckt es nach Heu und nach Grabstein, ja, ehrlich.

Plötzlich krakeelen alle, sie schreien *Woooooohhooo!* Sie prosten sich zu. Sie liegen einander wahllos in den Armen. Kraftausdruck schreit, *Auf all die geilen Schatzis da draußen!*, und Alf und Ante nicken ihm schmunzelnd zu, und ich stehe da, und ein Jahr kippt ins nächste, ohne dass irgendwer mit mir anstößt, mich abküsst oder sonst was, kurz denke ich, dass die Silvesterfeste mit Charlotte doch nicht das Schlechteste waren. Zumindest geht es noch schlimmer, und zwar heute und hier. Ich frage mich, was Charlotte gerade macht, ob sie sich die Reden der Partei anhört, was sie davon hält, ich frage mich, ob man sie nach ihrer Meinung fragt und ob sie dann sagt, was sie wirklich denkt, ich frage mich, ob Charlotte glücklich ist und wie viel sie mittlerweile wohl getrunken hat. *Liebe Charlotte*, schreibe ich ihr, *ich wünsche dir ein gutes neues Jahr, vielleicht sollten wir im kommenden Jahr vieles anders machen, ein Anfang wäre doch*, aber ich weiß keinen Anfang, keinen, der irgendwie realistisch ist und nicht direkt einer Rundumerneuerung gleichkommt. Ein Anfang wäre, dass sie aufhört zu trinken, dass sie sich eine neue Arbeit beschafft und ganz mit der Partei bricht und wir zusammen Jakob suchen, da unten in dem fernen Wien, das mir wie ausgedacht erscheint, wie gar nicht wirklich existent, das wären so meine Vorschläge, unwahrscheinlich, dass Charlotte sie mag. Und als ich versuche, die Nachricht abzuschicken, unvollständig wie sie ist, bin ich beinahe froh, dass das Mobilfunknetz durchhängt und das Senden nicht klappt.

Fidan stellt sich wortlos neben mich, wir geben uns High five und er sagt, *Geh mal ein bisschen feiern, Charlie, wenn du willst, löse ich dich ab.*

Ich schüttle schon den Kopf und schütte klackernd und klirrend die nächste Runde Eis in meinen Crasher, aber da steht plötzlich Pseudoluchs vor mir an der Bar. Sie nimmt Fidan das Glas aus der Hand und zieht dann an ihrer Maske, um zu trinken, sie schiebt sie nach oben, sie ratscht sie sich vom Kopf, und ich kann es gar nicht glauben, es ist die Frau, die Pirouetten auf dem Eiskanal gefahren ist, und um sie wiederzuerkennen, brauche ich nur zweieinhalb Sekunden. Und es kann ja sein, dass ich nur irgendein kleiner Schüler bin, der bis in alle Ewigkeit unbezahlte Praktika machen wird, an deren Ende er auch noch einen Zupfkuchen backen und sich dankbar zeigen muss, aber manchmal kriege ich doch auch was auf die Reihe. Also mische ich ihr blitzschnell den besten Drink aller Zeiten, ich werfe Früchte rein und einen Strohhalm und strecke ihn Pseudoluchs hin. *Ich hab noch nie wen so tanzen gesehen wie dich auf dem Eis*, sage ich zu ihr.

Warte mal ab, bis du mich auf festem Boden erlebst, meint Pseudoluchs, und ist das denn zu fassen, sie packt meine Hand, sie zieht mich hinter dem Tresen hervor, sie macht irgendeinen Move, bei dem sie in die Hocke springt und dann in einer blitzschnellen Spirale wieder in den Stand kommt, und hiermit beende ich meine Schicht offiziell, Alf gafft, Ante gafft, Pseudoluchs und ich, wir tanzen alle an die Wand.

Burschi

<u>An dieser Stelle</u>

ziehst du die Augenbrauen hoch. Du *glaubst mir nicht*, sage ich. *Das mit dem Faschingswagen ist wirklich so passiert. Aber damals*, sagst du, *war doch alles noch gar nicht so schlimm.*

Vielleicht bei dir nicht, sage ich. Du machst eine deiner großen Bewegungen, winkst mit einem großen Rudern deiner Arme ab. Die Jacke deines roten Trainingsanzugs klafft an der Brust ein Stück weit auf; ich weiß, was darunter liegt. Durch das Glasmosaik sehe ich draußen den allerletzten Schnee des Jahres fallen und ich bete um einen tiefen Schlaf für Herrn und Frau März. *Bei uns in den Bergen schon.*

Ansonsten liegen jetzt die Karten auf dem Tisch. Du sagst, du bist dreißig Jahre alt, auf den Tag. Geboren in einer Wetterlosnacht, als der Hahn dreimal krähte, weil die Druden ihm im Genick saßen und ihm die buntesten Federn aus dem Gefieder rupften. Du sagst, du bist durch eine Lücke in unsere Welt gestürzt. Du darfst den Absprung nicht verpassen, wenn es so weit ist. Wenn was so weit ist? Ich darf dich nicht fragen. Also liegen eigentlich nur die Knallbonbons auf dem Tisch, die du mitgebracht hast, eine Hahnenkralle, von der ich nicht weiß, wo sie herkommt. Wir trinken Billigsekt aus Traudls Lieblingsgläsern, die Johann ihr zum Einzug geschenkt hat, und die Stunden schlingern gen Mitternacht. Draußen ist der Himmel jetzt schwarz und der Mond steht rot über den Platanen. Ein unangekündigter Blutmond, dessen Licht hellrot in die Wolkenschlieren fließt. Und das Geschirr in unseren Händen wird immer lauter; es kommt mir vor, als klirrte es bei jeder Gelegenheit absichtlich, als stießen unsere Tassen nur deshalb an die Tischkanten, an den Teller mit geeistem Konfekt, um ein Geräusch zu machen. Als riefe das Geschirr nach Frau März. Du bist ganz unbesorgt, hast eine Kakteenblüte abgerupft und in mein Haar gesteckt und willst jetzt alles wissen.

Wie kommt es, sagst du, *dass diese beknackte Partei hier regiert? Was haben die gegen mich? Mögen sie keine Leute mit Stil? Keine Frauen in Trainingsanzug?*

Auch wenn ich nie verstehen werde, warum du das nicht weißt, sage ich es dir. Ich sage dir, dass die Partei keine Frauen mag, die Frauen lieben. Sie mögen keine Anglizismen, kein fremdländisches Essen, keine Menschen, die glücklich sind, sie mögen keinen Hip-Hop, keine Konzerte auf der Straße, keine Menschen, die aus anderen Ländern stammen, keine Familien ohne Kinder, keine Männer mit Lipgloss, keine Frauen mit Glatze, sie mögen keine Frauen, die erfolgreicher als Männer sind, und haben sogar verboten, dass Frauen ein bestimmtes Gewicht überschreiten, weil sie sich somit dem Begehren der Männer böswillig entziehen und so die Volksgesundheit und dessen Fortbestand gefährden. Und sie haben ein Volksbegehren initiiert, durch das die Bürgerwehr die offizielle und vom Staat legitimierte Verstärkung der Polizei geworden ist, Schnittstelle zwischen Militär, Gendarmerie und der Partei, mit noch einmal eigenen Regeln und Befugnissen und Vorlieben – alles in allem undurchschaubar, von außen.

Deine Ohren sind wutrot. *Wer hat denn nur*, rufst du so laut, dass ich dir die Hand auf die Lippen drücken und sie leider sofort küssen muss, *Wer hat denn nur bei diesem Volksbegehren mit JA gestimmt?*, fragst du mich leise.

Ziemlich viele, sage ich. *Alle möglichen Leute. Auch ein paar Verwandte von mir.*

Du verfällst in ein murmelndes Grübeln, neigst deinen Kopf nach vorn, und dein Gesicht verschwindet halb hinter dem dunklen Pony.

Wie kann es bloß sein, dass du nichts mitbekommen hast?, frag ich dich dann. *Vom Volksbegehren? Von den Wahlen? Den Gesetzesentwürfen? In was für einer Welt lebst du eigentlich?*

Halt nicht in dieser, sagst du mir, und scheinbar *geht's auch nicht. Sie hat es sich mit mir verscherzt. Tut mir echt leid.*

Und weil ich es mir nicht mit dir verscherzen darf, auf keinen Fall, muss ich mit Extras aufwarten und kann auch nicht schon wieder fragen, was das nun wieder heißen soll. Konkrete Fragen nach deinem *Woher* sind deiner Laune überhaupt nicht zuträglich, du bist ein ungefähres Wesen, scheint mir. Es ist noch lang nicht Mitternacht, aber ich ahne, dass die Raketen dir gefallen könnten, Funken und Rauch, Schwarzpulverspuren im Schnee. Wenn ich nur sicher sein könnte, dass Frau März in ihrem Zimmer bleibt, dass sie jetzt nicht beginnt, hier umeinand zu wandeln, weder herunter zu uns in den Wintergarten noch an ein Fenster zum Garten hinaus. Ich löse deine Hand aus meinem Schritt, stehe auf, durchquere auf wankenden Dielen den Raum, um draußen die Raketenstäbe in den Schnee zu stecken. Reiße um ein Haar den Ficus um. Klaub mir Kamelienblätter aus dem Kragen.

Und in dem Augenblick, in dem ich mich anschicke, die Fenstertür zum Garten zu öffnen, den Zinkknauf umzudrehen, höre ich ein Knarzen im Flur. Ich sehe mich um, mein Kopf macht eine sekundenschnelle Bestandsaufnahme: du in Turnschuhen auf dem Sofa, die guten Kissen unters Knie geklemmt, Zigarettenenden im Glas, angenagte Feigen auf dem Tisch, offene Whiskeyflaschen, Wodka und Gin, und schließlich ich, nur im weißen Unterhemd, Boxershorts und Stiefeln. Es sieht schlecht für mich aus, und ich weiß auch nicht, wie es bloß so weit kommen konnte, ich erinnere mich nur, dass ich jede Idee von dir ab einem bestimmten Punkt für bedingungslos gut gehalten habe. Um den Tisch hast du einen Kreidekreis gezogen, ich habe das nicht hinterfragt. Du hast Fotos von Herrn und Frau März zu einer Collage arrangiert und irgendwie erschien mir das schlüssig. Du hast gesagt, dass der Wintergarten heut Nacht unser Festsaal ist, das fand ich einwandfrei. Nicht mehr. Die Schritte nähern sich der Tür. Es ist sinnlos, dir zu sagen, dass du dich verstecken sollst, du wirst es ohnehin nicht tun, und da, tatsächlich, steht Frau März. Mit einem Mal ist alles Selbstverständliche dahin. Die Selbstverständlichkeit, mit der wir uns hier eingenistet haben.

Frau März starrt mich an, dramhappert, wirr. Ihr Frotteemantel ist ganz nachlässig gewickelt, Hausschuhe hat sie auch nicht an. Sie hält einen Besen in der Hand und sagt, *In der Neujahrsnacht von elf auf zwölf soll man die Stube auskehren.* Dann sieht sie dich. Sie starrt dich an, und sie zittert, und dann beginnt sie, an ihre Stirn zu klopfen, fünf Mal, und an die Tür zu klopfen, fünf Mal, und dann krächzt sie etwas Bayerisches, ein kurzes, hartes Wort, das ich nicht ganz verstehe. Die Tür zur Terrasse steht noch immer weit offen, und in dem Moment, in dem du einmal laut Buh! rufst, warum auch immer, Johanna, warum auch immer, ist Frau März auf und davon. Sie entschwindet in den schneeverwehten Garten, in das Gestrüpp der Buchsbüsche und

Thujensträucher. *Selber schuld,* sagst du und drehst dein Haar zum Knoten, *was schaut die mich auch so blöd an? — Und es hat minus sieben Grad!,* rufe ich. Ich renne los, hinaus auf die verschneite Wiese, ich knie mich hin, sehe unter die Bänke aus brüchigem Holz. Ich sehe im Schuppen nach, und auf der Stiege aus Beton, die hinunter zum Keller führt, hinten bei den Hügeln aus Kompost, die mondhell vor der Mauer kauern, bei den Wäscheleinen und der Vogeltränke, bloß hat der Garten viel zu viele Winkel... Der Himmel leuchtet violett auf, rot, absinthgrün, jetzt muss Mitternacht sein, überall knallt und schallt es immer wieder. Ich rufe *Frau März!,* ich rufe *Traudl!,* der Himmel kracht über mir zusammen, es explodieren tausend hell leuchtende Fächer, das Knallen der Raketen hallt nach und wirft ein Echo von Villenwand zu Villenwand; Frau März bleibt verschwunden. Mir tun die Arme weh von dieser Kälte. Erst brennen sie, dann sind sie taub. Ich sehe auf die Straße, die Straßenlaternen flackern, sie sind aus dem Konzept wie ich. *Das ist die Quittung,* denke ich. *Ich war halt einfach viel zu froh mit dir, Johanna.*

Charlotte

<u>Der Parteivorsitzende hat es gerade verkündet. Er hat ins Mikrofon gesprochen und die Festgesellschaft bis ins Mark erschüttert, denn: Das Catering *HansWurst* hat abgesagt. Ein Boykott</u>

wird vermutet, das wird Konsequenzen für das Unternehmen haben. Zunächst aber bedeutet es ein Büfett minus Kohlrouladen minus Krautsalat minus Pellkartoffeln minus Würste vom Ross und vom Schwein und vom Rind (Würste haben absolute Priorität, denn sie sind identitätsstiftend und nahrhaft zugleich, das hat der Vorsitz erklärt) und minus Sülze. Minus rote Grütze und sogar minus Kräuterschnapsfontäne. Die Festgesellschaft murrt, und ich animiere meine Sitznachbarin zu einem Gesang, ich schlage mit Gabel und Messer auf die Tischplatte ein, ein prima Mittel, um die Stimmung zu heben. *Wir gehen über zu Plan B*, meint der Vorsitzende nun, unter den Achseln haben sich auf seinem Anzug große Schweißflecken gebildet. *Das bedeutet*, erläutert er genauer, *dass wir am Pommerschen Tor anlegen und dort eine Lieferung von einem*, jetzt beginnt er heftig zu husten und sein Hals leuchtet rot – *Wir werden dort eine Lieferung von einem arabischen Imbiss entgegennehmen*, sagt er. *Es hat sich leider nicht vermeiden lassen.*

Über das Partyboot senkt sich eine Stille, die so tonnenschwer ist, dass sie das ganze Schiff versenken könnte. Ein bisschen drückend ist es im Inneren des Festraums ohnehin, die Decken sind so niedrig, das ein Gutteil der Menschen den Kopf einziehen muss, wenn sie stehen, die Einbautische und Bänke zurren die Gäste auf den Plätzen fest, Knie an Knie. Das macht mich massiv hibbelig. Hier komme ich nicht mehr hinaus. Die Scheiben sind beschlagen, die Gäste dampfen Tatkraft aus und irgendetwas anderes, Muffiges. Ab und zu spritzt Wasser an die Fensterscheiben, die Bürgerwehrler auf den Motorbooten, die uns heute Abend eskortieren, haben wohl Mühe mit der Steuerung. Alle paar Minuten bumsen sie mit ihren Booten dem Schiff gegen den Rumpf. Insgesamt verläuft der Abend wirklich unerfreulich, und nach dem dritten Glas Wein habe ich zu meiner üblichen Klarsicht zurückgefunden: Ich hätte nicht hierher kommen dürfen, natürlich nicht. Das ist ja nur aus Trotz passiert – weil Charlie nicht mit mir Blei gießen und Punschkrapfen essen wollte.

Das muss ich nun ausbaden. Stundenlang ausbaden. Meine Laune wird nicht besser, als der Parteivorsitzende abermals das Mikrofon ergreift: *Liebe Landsleute, lassen wir die Köpfe nicht hängen, ich werde euch jetzt Mut mit einer kleinen Rede machen, hört nur zu und spitzt eure Ohren.*

Gähn, flüstere ich meinem anderen Sitznachbarn zu, dem mit dem Bürstenhaarschnitt und dem karierten Hemd, mit der Bauchtasche und der Brosche in Form eines kleinen Gewehrs. Ich schaue ihn verschmitzt an, er aber betrachtet mich wie ein tollwütiges Tierchen, dem nicht zu trauen ist.

Der Vorsitzende hält das Mikrofon dicht an die schmalen Lippen, seine Mundschleimhaut schmatzt bei jedem Zischlaut, *Eine alleinerziehende Mutter kann und soll nicht auf einer Stufe stehen mit dem Dreiklang aus Mann und Frau und Kind, ja nicht einmal mit dem aus*

Mann und Frau und Hund, verkündet er. Er kommt uns dann noch mit einigen Ungeheuerlichkeiten, mit Beispielen aus seinem Leben, er erzählt von seiner alleinerziehenden Nachbarin, deren Kind sie im Treppenhaus abstelle, wenn es zu lange greine, ungesunde, obendrein importierte Zuckerwaren in den klebrigen, verzweifelten Kinderhänden, Ausschlag auf der Nasenspitze. Die Frau neben mir murmelt, *Das kann man sich ja kaum anhören, so ein armes kleines Wuzelchen, es bricht mir das Herz.* Kurz mache ich einen kleinen Check: Habe ich Charlie jemals in unserem zugigen Treppenhaus abgestellt? Nein. Nur einmal im Vorgarten, und auch nur, weil er die zerbrochene Schäferhundstatue von Onkel Gabriel nicht sehen sollte, die ich in einem unkontrollierten Moment zu Boden gerissen hatte. Der Vorsitzende erzählt uns, dass auch seine Mutter alleinerziehend gewesen und er auf der verzweifelten Suche nach einem männlichen Vorbild beinahe auf die schiefe Bahn geraten sei, nämlich habe er damit geliebäugelt, sich einem aufrührerischen Nachbarschaftsgartenprojekt anzuschließen, bei dem neben Borretsch und Strauchtomaten auch – er schüttelt sich heftig – Hanf angebaut worden und die Ratten paarweise über die Terrasse flaniert seien. Als er von einer Plattform anfängt, auf der alleinerziehende Frauen wieder verpartnert und zu weiteren Schwangerschaften motiviert werden sollen, hilft mir auch mein Pegel nicht mehr. Ich gehe an Deck. Ich starre in den Nachthimmel, auf den gleichgültigen roten Mond, auf die Lichterketten der Hausboote, an denen wir vorbeischippern, auf ihren behaglichen Glanz. Ich habe starke Fluchtgedanken, kauere mich aber vorerst an den Bug des Schiffs, direkt über die Meerjungfrau und die schillernde Girlande in Schwarz und Rot und stumpfem Gelb. Die Boote der Eskorte treiben unmotiviert im Kielwasser, und ich wünsche mir beinahe, dass irgendjemand das Schiff attackiert, zumindest ein bisschen, es gibt doch schließlich gute Gründe. Aber offenbar traut sich das heutzutage keiner mehr.

Ich fühle mich elendig eingesperrt, bis zum Stopp am Pommerschen Tor dauert es noch mindestens eine Stunde. Bei dem Gedanken steigen mir die Tränen in die Augenwinkel, natürlich kann das auch windbedingt sein. Ich komme mir vor wie damals in dem Pfadfinderlager, in dem ich als Kind einmal festgesteckt habe. Eigentlich hatte ich mir sehr gewünscht, hinzufahren, ich hatte vorher tagelang Bogenschießen im Garten trainiert, Pfeil um Pfeil in der Zielscheibe aus Stroh versenkt, die Onkel Gabriel an den Schuppen gehängt und mit dem Foto irgendeiner Frau verziert hatte, die ich nicht kannte. Sie hatte ein großes Kinn und einen Pony und blickte weise in die Kamera, irgendwie musste sie meinen Onkel verärgert haben, auch wenn sie eigentlich ganz nett aussah. Mein Plan war es gewesen, im Pfadfinderlager für die anderen kleine Tiere im Wald zu erlegen und dann über dem Feuer zu grillen, während wir fröhliche Lieder sangen und Rückenkratzer aus Holz schnitzten und auf Grashalmen pfiffen und alle gute Freunde wurden. *Vergiss deine Beißschiene nachts nicht, kleine Charlotte, und mach mir keine Schande*, das waren die Worte, die Onkel Gabriel mir mit auf meinen Weg ins Stammesleben gab, ehe er mich vor der Hauptjurte abstellte und fortfuhr und ich ihm beinahe postwendend Schande bereitete. Schon beim ersten Mittagessen im Wald, das wir alle aus einem großen schmutzigen Kessel in uns hineinlöffelten, während es Tannennadeln auf unsere Scheitel regnete, legte ich mich mit zwei Pfadfindern an. *Dein Onkel sieht aus wie eine Naturkatastrophe*, sagte einer, und das fand ich wirklich ungerecht, was konnte mein Onkel für das Feuermal auf seiner linken Wange, das er und Liese immer *Portweinfleckchen* nannten.

Ich packte den Frechdachs kurzerhand an seiner Uniform und tunkte ihn in die Salatschüssel, davon hätte hier doch sowieso keiner gegessen, zumindest sagte Onkel Gabriel immer, dass das Grünzeug was für Milchbärte und Himbeerbubis war. Kaum hatte der Junge sich die Tomatenscheiben aus dem Haar geklaubt und das Öl von der Nase gewischt, hatte er natürlich nichts Besseres zu tun, als mich zu verpetzen. Zur Strafe wurde ich ausquartiert und sollte in einem alten Campingwagen schlafen, er stand direkt an der Pferdekoppel des Bauern, dem der Wald gehörte. Die Fenster ließen sich nicht öffnen, sie waren mit Plexiglas versiegelt, die Bettlaken rochen nach alter Suppe, und es hausten schon zwei Mädchen darin, die Zahnlücken hatten und mich mit *Willkommen in der Hölle* begrüßten. Nachts lagen wir zu dritt im Doppelbett, die Luft war feucht und stickig, und ich wälzte mich möglichst sachte von einer Seite auf die andere, um nur ja niemanden zu berühren und deswegen am nächsten Tag als *Lesbierin* oder Schlimmeres beschimpft zu werden. Das Weidegras schlug an die klappernden Wände, oder waren es die Hufe der kleinen, dicht behaarten und unberechenbaren Shetlandponys, die stets in Bewegung zu sein schienen und die Koppel im Galopp durchpflügten, dass die Erdbrocken nur so flogen. Die ganze Nacht fürchtete ich mich davor, hinauszugehen. Ich urinierte in eine kleine Limonadenflasche, die ich hinterher aus der Tür schleuderte, um mir den Weg zum Donnerbalken zu ersparen und nur ja keinen Fuß auf die Weide setzen zu müssen. *Das ist so ekelig*, sagten die zwei anderen, als sie merkten, was ich da trieb. Sie spuckten mir angenagte Gummibären aufs Kopfkissen und drohten, beim Frühstück restlos allen alles zu erzählen und meinen Ruf im Stamm *Muntere Biber* dauerhaft zu schädigen. In der nächsten Nacht kletterte ich notgedrungen doch aus dem Wagen, ich hielt es nicht mehr aus. Die ersten zehengespitzten Schritte über das taunasse Gras fühlten sich sehr verwegen an. Ich hörte aus dem Wald etwas tönen, das wie eine Schiffshupe klang. *Eine Sumpfohreule im Suchflug!*, dachte ich sofort, dank Onkel Gabriel kannte ich die Schreie der Eulen aus dem Effeff. So fühlte es sich also an, wenn man eins wurde mit der Natur, ich genoss das Gefühl gerade in vollen Zügen, ich sog es richtig in mich auf, als ein großer, stämmiger Schatten auf mich zugetrabt kam. Erst hielt er still. Dann holte er aus und rammte mir seinen Hinterhuf so kräftig in die Magengrube, dass ich in hohem Bogen stürzte. Kurz lag ich still, vollkommen fassungslos. Einige gnädige Momente lang war ich fast stolz, *Das mit der Limoflasche ist doch schlau gewesen*, so dachte ich noch, dann kam der Schmerz, und der war wirklich ganz gewaltig. Eine gute Weile lag ich verstört im Gras und weinte. Ich verschmierte mir mit meinem roten Halstuch die Rotze im Gesicht. Heulte sämtliche Sternbilder an. Und dann schleppte ich mich Richtung Hauptjurte, die Arme fest um meinen Bauch geschlungen.

 Der Stammesführer bugsierte mich aufs Feldbett. Er legte eine Wärmeflasche auf meinen Bauch und schalt mich, *Chico ist eigentlich ganz friedlich*, sagte er, *du hast ihn sicher provoziert, genau wie gestern deine Kameraden.* Dann gab er mir eine Münze, *Ruf deine Familie an*, sagte er, *aber sag ihnen auf keinen Fall, was passiert ist.* Und ich rief Onkel Gabriel an und er sagte, *Ich hole dich nur ab, wenn du mir schwörst, dass du dich in Zukunft zusammenreißt, kleine Charlotte. Heulsusen kann unser Land nicht brauchen, nicht einmal weibliche.* Ich zog die Rotze hoch und sagte *Pfadfinderehrenwort* und schluchzte doch wieder los, und da rief er, *Jetzt habe ich die Faxen aber dicke!*, und legte auf. Danach gab es kein Halten mehr. Ich fühlte mich so einsam und verlassen, dass ich in lautes Wehgeheul ausbrach, so gellend und ausdauernd, dass ich kurzerhand vom

Stammesführer auf den Flakturm verbannt wurde, *Mit deinem Geheul kannst du die Feinde abschrecken*, sagte er, *die pirschen sich in aller Frühe an und wollen uns die Fahne klauen* – nicht mit uns! An Schlaf war nicht zu denken, also saß ich aufrecht da und starrte frierend in die Nacht. Taupfützen sammelten sich in den Kuhlen meiner Windjacke. Ich sah zu, wie langsam der Nebel aufstieg, wie sich irgendwann graues Licht in den schwarzen Himmel fraß und der Mond blass und durchscheinend wurde, ich sah, wie auf dem Feld zwei Rehe einander Kopfnüsse gaben; hätte ich Pfeil und Bogen hier, hätte ich sie ohne Weiteres erlegt. Es war beinahe schön. *Wäre es nicht so schlimm, wäre es schön*, sagte ich leise zu mir selbst, immer wieder, bis der Himmel sich verfärbte, fahlblau, orange, und es wirklich langsam wärmer wurde. Und dann, als ich mich schon notgedrungen auf den Moment vorbereitete, in dem ich zurück ins Lager gehen musste, sah ich den lindgrünen Ford Fiesta von Onkel Gabriel aus dem struppigen Tannenwald hervorkriechen. Er ruckelte den Feldweg entlang und ich wusste, wenn ich jetzt wieder heulte, würde er einfach wieder fahren. Ohne mich.

Ich nehme einen Schluck Bier und merke, dass diese Erinnerung mich einigermaßen wütend macht, sie bringt mich richtig aus der Fassung. Ich frage mich, ob es meinem Sohn gut geht, ob er Drogen-Bowle trinkt und ungeschützten Geschlechtsverkehr hat und sich seine Zukunft verbaut. Ich frage mich, ob er mit seiner Mutter wieder mehr anfangen kann, wenn sie ihm sagt, dass sie sich nicht mehr ganz so sicher ist, ob sie mit der Partei konform gehen kann. Und dann sehe ich plötzlich ein buntes Schlauchboot, das unbemerkt im Schatten des Partyschiffes treibt.

Darauf sitzen zwei junge Männer in Pelzjacken, deren Augenlider glitzern. Ein Wunder, dass die Bürgerwehrler der Eskorte sie noch nicht entdeckt und postwendend versenkt haben. *Hey hey amazing lady,* rufen sie. *Up for some molly?* Auch wenn ich keine Ahnung habe, was diese Jungspunde mir damit sagen wollen, so spüre ich doch, dass sie es gut mit mir meinen. Ich raffe meine Röcke. Und ich steige auf die Spitze des Bugs, ich sage leise *har, har, har,* und dann springe ich mit einem gellenden *hariii* zu ihnen aufs Boot.

Burschi

<u>Wenn eine Liebe das Neonlicht des U-Bahnhofs überlebt, dann soll sie hundert Jahre dauern. Ansonsten endet sie. Unsere endet wahrscheinlich.</u>

Und alles verblasst, wir verblassen, denn hier ist es zu hell. Die Kacheln des U-Bahnhofs sind fahlgelb wie alte Zähne und kalt. Ein paar Menschen haben sich an die Wände des Backshops geworfen, zu Boden sacken lassen. Ihre geschminkten Gesichter sind porös, man kann sehen, wie sie die Linien gemeint haben und ihre Kleidung, hier aber glitzert gar nichts mehr. Sie schlafen einen unverwüstlichen Silvesterschlaf und ihre Füße treten ins Leere.

Mein Kopf ist langsam. Meine Bewegungen. Ich wende den Kopf nach rechts: Auf der Anzeige leuchtet rot eine Acht. Acht Minuten, dann fahre ich nach Hause, wahrscheinlich hinein in eine große Festgesellschaft, betrunkene Mitbewohnerinnen, ihre Gäste. Wir haben nicht darüber gesprochen, wohin du musst, Johanna, wo du schläfst. Aber auch ohne dass wir es laut ausgesprochen haben, wissen wir, dass es ein anderer Ort sein wird als meiner.

Ich wende meinen Kopf nach links. Dein Pony sitzt noch immer schnurgerade, während mir die blondierten Haarspitzen um den Kopf ragen wie unter Strom. Du guckst Richtung Tunnel, und ich will gar nicht wissen, was du dir gerade wieder zusammenspinnst. Alte Ausheckerin. Schönste Krawallschwester Berlins.

Wir hätten das alles nicht machen dürfen, sage ich. *Was ist, wenn Frau März nicht zurückfindet. Wir hätten die Polizei verständigen sollen, vielleicht ausnahmsweise sogar die Bürgerwehr*, sage ich noch. Du siehst mich angewidert an. *Du hättest mich nicht überreden dürfen!*, sage ich und ahne eigentlich, wie dumm das ist. Du packst mich an den Schultern. Und ich sehe dir in die Augen und wünsche mir, dass ich sie behalten darf, auch wenn ich nur noch wütend bin, auf dich, auf mich, ich möchte nur noch schreien und schreien. Es ist so ein ganz urwüchsiger Zorn. Er lässt mich knurren. *Burschi*, sagst du, *die Bürgerwehr holen wir nur über meine Leiche. Du hast dich verleiten lassen, jetzt leb damit.* – *Ich kann nicht damit leben, wenn die Frau März erfriert*, sage ich.

Was ist passiert? Wir stehen da wie zwei Hähne kurz vor dem Kampf. Aufgestellte Arm- und Schambehaarung. Beinahe Nasenspitz an Nasenspitze. *Und überhaupt*, sagst du, *reicht es mir jetzt mit deinem braven Rumgetue. Ich bin nicht dein exotisches Tierchen, das du dressieren kannst, soweit alles klar? Ich gehe jetzt nachsehen.*

Was denn nachsehen? Ich habe das Gefühl, mein Gesichtsfeld zieht sich zusammen, es verengt sich. Links und rechts von mir geschieht nichts mehr, ich sehe nur noch dich, und drum herum ein buntes, verschwommenes Flirren aus Menschen und Mülleimern und Notrufsäulen und überzuckerten Donuts und bunten Magazinen in dem Kiosk. Auf der Digitalanzeige steht nun eine Sieben, und sie leuchtet wutrot wie einst deine Ohren.

Du bewegst dich rückwärts Richtung Gleis. Da weiß ich, was du nachsehen willst. Die ersten Wartenden um uns herum werden auf dich aufmerksam. Auf ein Entgleisen. Und dass es kippt. Ein Mann übergibt sich auf einen Hund. Du gehst vor, bis an die Kante, noch über die Markierung für Blinde hinaus. Drehst dich um und lässt dich auf die Kante sinken. Sitzt. Deine Beine, noch immer in den rot glänzenden Trainingshosen, baumeln über der Kante. Dein Rücken krümmt sich, als dächtest du nach. Ich kann mich nicht entscheiden, was zuerst passieren muss. Ich bin ein Kaugummi und fürchterlich betrunken. Ein Schritt, ein anderer. Du drehst dich um und siehst mich an. Was kommt zuerst? Habe ich Angst vor dir? Um den Kiosk biegt jetzt ein junger Mann. Er ist blond, und ich erkenne ihn gleich wieder, es ist mein Kunde aus dem Internet. Charlie hebt die Hand, nickt mir zu, dann sieht er dich da sitzen. Und im selben Moment stößt du dich ab und springst hinunter auf die Gleise. Du gehörst da nicht hin. Und ich kann nur schauen, da gehst du los, noch langsam, mit tastenden Schritten zuerst, in die Lücken zwischen den Holzlatten hinein. Dann schnell. Dann schneller Richtung Tunneleingang, du rennst. Endlich kann ich mich wieder bewegen, und ich renne, ich renne parallel zu dir den Bahnsteig entlang, ich brülle sehr laut, *Johanna, komm rauf! Die U-Bahn kommt in fünf Minuten!* Aber du hörst mich gar nicht. Als hättest du ganz plötzlich einen anderen Namen, als fühltest du dich längst nicht mehr korrekt benannt mit dem *Johanna*. Einmal drehst du dich noch um, siehst zu mir, zu den anderen Fahrgästen in spe, deine Augen sind jetzt glühende Kohlen, und du triumphierst mich an. Aus deinem Hinterkopf wehen Funken, oder ist das der Staub, und wie du da rennst, da weiß ich, egal was passiert, du wirst für immer fort sein, wenn ich dich nicht aufhalte. Ich merke, wie die Panik in mir aufsteigt, sie ist übergroß und viel zu mächtig, wenn ich nicht aufpasse, verschlingt sie mich ganz. Aber dieser Gedanke – du wirst einfach weg sein. Ob überfahren oder für immer verschwunden im

Untergrund: weg. *Johanna!*, rufe ich, *Bitte nicht, ich kann doch nicht zu dir da runter* ... Alle anderen Leute am Bahngleis sind stehen geblieben. Sie haben sich in Richtung Gleis gewendet, sie stieren, sie raunen, beratschlagen sich, aber keiner und keine tut irgendetwas. Die Minuten bis zur nächsten Bahn verticken. Charlie steht jetzt neben mir. Er stiert und raunt genauso, und dann sagt er, *Krass. Was sollen wir jetzt machen?*

Ich habe keine Ahnung, sage ich, *eigentlich brauchen wir Hilfe, sofort.*

Er schaut mich an, seine Augen sind hellrot geädert, und dann sagt er, *Ich weiß jetzt auch nicht, ob das eine gute Idee ist, aber meine Mutter hat mal ein Deeskalationstraining gemacht. Vielleicht kennt die sich mit solchen Situationen aus. Soll ich sie holen?*

Charlotte

<u>Wir haben Verschiedenes gelernt. In der vierundzwanzigtägigen Ausbildung wurden wir auf vieles vorbereitet. Wir haben Betten</u>

gemacht, viermal pro Tag. Wir haben in stockdunklen Räumen wieder und wieder unsere Gewehre auseinandergebaut und zusammengesetzt, um sie perfekt zu kennen, wir haben aus eintausend deutschen Ähren einen Wandbehang geflochten und wir haben Tugenden in Stuhllehnen geschnitzt, Tapferkeit, Pünktlichkeit und anderes langweiliges Zeug, und haben daran rein gar nichts hinterfragt. Denn darum ging es ja: dass wir das lernen. Dass wir lernen, einfach zu machen, egal, wie stumpfsinnig die Aufgaben auch manchmal sein mochten. Mir ist es einigermaßen schwergefallen, ich habe immer schon meinen eigenen Kopf gehabt, das war auch etwas, was Jakob an mir mochte: *Du bist so trotzig*, sagte er, und es klang wie etwas Gutes.

Und nun stehen wir gehorsam auf dem Dach. Ich neben Moni.

Sie hält die *Große Reichweite* entspannt im Anschlag, kann sein, dass sie heute gern ein bisschen herumgeknallt hätte, kann man nichts machen. Sie hat eine Trompete aus Papier an ihr Revers gesteckt, ansonsten lässt sie sich den Jahreswechsel nicht anmerken. Nachdem mich die zwei zuvorkommenden

Amerikaner mit ihrem Schlauchboot am Festland abgesetzt hatten, rief Monika auch schon an. *Mein Spotter hat abgesagt*, sagte sie, *er ist im Variéte-Theater und möchte so gern noch die Nummer mit den dressierten Hühnchen im Schlafrock sehen. Kannst du zur Nachtschicht kommen? Sonst muss ich Benno fragen* ...

Und ich gehorchte, und ich tat meine Pflicht; es ist mir sogar ganz recht, nun doch in der Nähe des Labels zu sein, wo Charlie heute feiert. Monika lehnt jedes Mal ab, wenn ich ihr die Cognacflasche reiche. Und ich versuche es trotzdem immer wieder. *Na, Schlückchen?*, sage ich, und weil sie nie einen nimmt, nehme ich immer zwei.

Gerade stopfe ich die Flasche zurück in mein struppiges Paillettentäschchen, da klingelt mein Telefon. Kurz habe ich Angst, es könnte der Vorsitzende sein, der mich maßregeln will, *Polnische Abgänge mögen wir hier gar nicht, Frau Venus*, so könnte er meinen Sprung vom Boot durchaus kommentieren. Es ist aber Charlie. Und er ruft, *Charlotte, hier geht es grad drunter und drüber, bist du noch auf dem Schiff? Am Anita-Augspurg-Platz ESKALIERT es gerade! Was macht man, wenn die U-Bahn* – Und augenblicklich pumpt es in mir. Ja, wir haben Verschiedenes gelernt in unserer Ausbildung, aber niemand hat uns darauf vorbereitet, dass so ein Anruf kommen kann, von unseren Söhnen oder Töchtern. Was macht man denn als Bürgerwehrlerin, wenn der eigene Sohn in Gefahr ist? Wie weit lässt eine Anweisung sich dehnen, denke ich. Ich habe keine Ahnung. Ich weiß aber, was *ich* mache. Ich atme einmal leise ein, ich lasse meine Armmuskeln spielen. Und dann entreiße ich Moni das Gewehr mit einem kräftigen Ruck, denn eine höfliche Frage wäre jetzt nichts als Zeitvergeudung. Vorsichtshalber brate ich ihr mit dem Gewehrlauf noch eins über und sehe besorgt zu, wie sie ganz schlaff in sich zusammensackt. Es wird aber alles in Ordnung gehen, Monika ist ja robust und sie atmet auch noch, in kurzen, entrüsteten Japsern. Ich werfe meinen Mantel über sie, dann stürme ich los, die Feuertreppe hinunter, nur halbschnell auf den hohen Schuhen, vorbei am Portier, zum Glück wundert der sich bei mir schon lange über gar nichts mehr.

Ich spurte über die Ampel, bei Rot, alle Leute, die meine Waffe sehen, springen sofort beiseite; wenn Menschen ausnahmsweise mal Respekt vor einem haben, dann ist das wirklich angenehm. Erst jetzt fällt mir auf, dass ich noch mein Silvesterkleid trage, vermutlich kann sich niemand einen Reim darauf machen, was hier los ist, dabei ist es doch ganz einfach: Ich helfe meinem Sohn.

Auf dem überfüllten Bahnsteig der U10 riecht es noch ärger als im Saal des Partyschiffs.

Menschen stehen in Trauben beisammen, teilen sich die letzten Schnapsreste, grölen selig. Ich springe auf die Rolltreppe, die mich hinabsacken lässt ins Krisengebiet, vielleicht hätte ich Charlie fragen sollen, was eigentlich los ist, zu spät. Ich springe von der Rolltreppe. Die Visierlinie des Gewehrs ist noch auf eine weite Distanz eingestellt, das ist schlecht, falls ich es gleich benutzen muss – es macht das Zielen ziemlich schwer. Der Bahnsteig ist verhältnismäßig leer. Eine große dünne Frau, die ein Cello im Arm hält, steht vor der Notrufsäule wie vor einem Orakel. Sie tut nichts. So schnell ich kann, versuche ich, die Situation zu erfassen, die Gefahrenquelle auszumachen, potenzielle Gefährder, WO IST MEIN SOHN?

Alle starren auf die Schienen. Mein Blick wandert ihren Blicken nach. Und da sehe ich sie, am Eingang des Tunnels, zwei Personen und Charlie. Ich habe keine Ahnung, was los ist, ich kenne die Leute bei ihm nicht, aber ich sehe deutlich, wie er mit einer von den beiden ringt. Auf den Bahngleisen. Bei Hochbetrieb. Ich sehe die U-Bahn-Anzeige, und dann sehe ich gar nichts mehr. Ich bin wie unter Wasser. Irgendwo höre ich die Stimme unseres Ausbilders, der sagt, dass ein Schuss wohlüberlegt sein müsse, *Ein Schuss kann Leben retten, er kann aber auch viel Leiden schaffen,* höre ich, sinnloses Gefasel in so einem Moment. Ich reiße die *Große Reichweite* hoch. Ich fixiere das Weichziel. Ich denke an die Schießprüfung, die zwei Versuche, die es gebraucht hat, um zu bestehen und dass mein Ausbilder mich hinterher dennoch als *handhabungssicher* bezeichnet hat. Und ich höre Onkel Gabriel, der mir sagt, *Werd eins mit dem Pfeil, Charlotte, und dann ab damit. Hab kein Erbarmen.*

Ich lege den Zeigefinger an den Abzug. Den Daumen an den Sicherungshebel. Wie gut, dass ich auf dem Dach einen tüchtigen Schluck getrunken habe – ein bisschen Cognac hilft gegen den Tremor in der Hand. Ich visiere den Oberschenkel der Person in Skijacke an, die plötzlich wüst an meinem Charlie zieht. Und da ist es mit meiner Ruhe wirklich vorbei. Ich reiße am Abzug, das Gewehr reißt nach vorn, und –

Und wie es

dann – ein Urknall – und wie der Hall des Knalls sich fügt ins Schritte-Eilen U-Bahn-Rattern ein Krakeelen auf dem Bahngleis – ein Stopp, ein Innehalten grade noch – ist laut wie krachende Kometen – dann brennt's wie eine Injektion aus Brennnessel und Strom – kein altes Jahr in unseren Händen Staub und Dezibel – und wo bist du, Johanna – Na? – der Wunsch nach einem direkten Rewind – wir alle schnappen nach Luft wie aus einem einzigen Mund.

Charlotte

<u>Sie haben mich in ein Refugium gebracht. Die Tür ist nicht verriegelt, und das Fenster</u>

liegt so hoch, dass ich nur im Stehen hinaussehen kann. Ich kann über die kalten Dächer gucken, in die Küche eines Mannes hinein, der seinen Abwasch im froschgrünen Schlüpfer erledigt. Das Spültuch liegt ihm über der Schulter wie ein schlafendes Kind.

An der Wand über meinem Bett hängt eine Schwalbe aus Holz. In der Ecke steht ein kleiner Tisch auf drei Beinen, hier soll ich meine Gedanken notieren, sagen sie, aber ich habe nicht viele. Über meinem Zimmer liegt eine Stille, die man trinken könnte, hätte man einen Strohhalm oder ein Glas. Aber sie geben mir keine Gläser und keine Messer und keine Stricknadeln oder Gewehre.

Stattdessen wollen sie mit mir sprechen. Ich nicht. Die Leute sagen, dass ich mir Zeit lassen soll und dass ich hier zumindest nichts mehr anstellen kann. Ich befürchte, dass sie paranoid sind. Sie sprechen von einem Zwischenfall und einem lauten Knall, mehr sagen sie nicht. Ich weiß nicht, wovon sie reden, Hinweise wären zweckdienlich, doch das verstehen sie nicht.

Als sie mich abgeholt haben, stand ich an einem U-Bahnsteig, die Menschen liefen aufgescheucht umher. Nur ich war besonnen, die Ruhe in Person, was gewiss half. Bis auf einen leichten Schüttelfrost ging es mir blendend, ich hatte Gänsehaut auf beiden Armen und ein Pochen im rechten Zeigefinger, das nicht nachließ.

Wir sind dann eine Weile lang gefahren. Das Auto war alt. Ein roter VW. Im Radio sprachen sie vom neuen Jahr und spielten Musik aus dem alten. Neben mir lag ein Hund, er roch nach feuchter Wolle und Kaugummi. Erst habe ich ihn auf Abstand gehalten, aber er war genauso müde wie ich. Er hat dann seinen Kopf in meinen Schoß gelegt, seine bleigrauen Ohren haben gezuckt und er hat laut geatmet. *Onkel Gabriel hätte ihn nicht angefasst*, dachte ich, *das ist bestimmt kein reinrassiges Tier*. Bei diesem Gedanken habe ich begonnen, den Hundekopf zu streicheln. *Wir bringen Sie an einen sicheren Ort*, haben die Leute gesagt und mir ein Tetrapack mit einem sauren Erfrischungsgetränk gereicht. Ich war prinzipiell einverstanden mit der Richtung, in die es nun ging, ich war so wunderbar gelassen. Beinahe sediert. Es gab auch vernünftige Gurte im Auto. Bei einer Kontrolle hielt die Frau einen fremden Personalausweis aus dem Fenster und behauptete, das wäre ich. Mir war es recht. Wir machten einen Stopp an einem kleinen Parkplatz, der Himmel war blaugrau, Schlieren von Orange, was mich massiv an die kalten Abende in Wien erinnerte. Ich war nicht in Wien. Ich stieg aus und übergab mich rasch in ein nacktes Gebüsch, dessen Äste in die Luft ragten wie Kinderfinger. Charlie war keines mehr, er konnte sich selbst warme Suppen kochen. Das war ein Vorteil, jetzt, wo wir getrennt waren. Als wir von Norden her Einzug hielten in die Straße, in der ich wohnen sollte, schnappte ich einmal laut nach Luft. *Haben Sie gerade eine heftige Empfindung?*, fragte die Fahrerin mich, ohne sich umzudrehen. *Nein, nein, ich habe mich an einem Nüsschen verschluckt*, redete ich mich geschickt heraus. Dabei empfand ich sehr viel. Ich behielt es für mich, auch wenn ich der Fahrerin grundsätzlich vertraute. In guten Händen war ich hier gewiss.

Als wir dann ausstiegen, war es schon dunkel, das Licht der Laternen kam mir blutig vor, das war nicht angenehm. Da die Frau stets vor mir lief, kannte ich ihr Gesicht noch immer nicht. Ich hatte dennoch keine Angst. Wir gingen den schmalen Bürgersteig entlang, die Frau öffnete schließlich eine grün lackierte Tür. Der Flur im Haus war hoch und finster und klamm wie ein Kirchschiff, wir stiegen durch ein Treppenhaus hinauf, das scharfe Kurven schlug. Ans Geländer hatten die Menschen große, nasse Wäschestücke gehängt, sie tropften bis in einen dunklen Keller. Es roch nach Weichspüler, davon wurde mir beinahe wieder übel. Auch Arbeiterkluft trocknete hier, staubsteif und klamm von fremdem Schweiß. Gummibäume vor den Türen, groß wie Gewehrständer. Es war schon alles recht dubios, aber ich dachte daran, wie Charlie mal von einem *Flow* gesprochen hatte, dem man sich manchmal einfach hingeben musste. Ich dachte auch an das Yoga und das Atmen, ich gab mein Allerbestes. Die ausgetretenen Stufen der Treppe waren mit rostroten Fliesen belegt und leicht abschüssig, das Geländer zu niedrig. Ich hatte ein, zwei morbide Gedanken, in denen ich mich einfach hinabfallen ließ, aber ich tat es nicht.

Im obersten Stockwerk drehte sich die Frau um. Sie sah aus wie ein dicker, runder Apfel. Rote Wangen, als hätte jemand sie gebissen. Die Augen wasserhell, vermengt mit einem Tropfen Farbe. Pferdehaar, straff aus dem Gesicht gestrichen. Wir hatten uns schon mal gesehen, das wusste ich bestimmt. *Gute Nacht, du wirst gut schlafen*, sagte sie; und damit war alles gesagt. Als sie die

Treppe hinabging, machte sie kaum einen Laut. Sie verschwand so leise, als rutschte sie die Stufen einfach auf dem Hosenboden hinab.

Die Metalltür fiel laut ins Schloss. Im Raum war ein leises Atmen zu hören, aber es machte mir keine Angst. Ich atmete einfach mit, kam an in diesem Zimmer. Blieb.

Burschi

<u>Draußen tropft das Tauwasser vom Balkongeländer. Zerfließen</u> Eiszapfen zu Pfützen und versinkt der Tag in einen roten Abend. <u>Und neben mir sitzt nicht mehr du im Wintergarten, abwesende Johanna,</u>

sondern die Barbara, die Berggesandte, handfestes Gegenstück zu dir. Sie fläzt sich auf ihre unnachahmliche Art in die Polster und isst Lebkuchenbruch aus einer lauten Tüte. Zusammen mit meiner grabenförmigen Streifschusswunde liege ich so herum und tu nicht viel. Ich arrangiere mich mit meiner Verletzung. Sie sich mit mir, wir müssen ja. Der Verband ist dick. Er endet knapp über dem Muttermal, aus dem alle drei Wochen ein schwarzes Härchen sprießt, ein Wiedergänger.

Wenn ich an den Charlie denke, werde ich ein bisschen grantig. Wär nicht ganz dumm gewesen, hätte er mir gesagt, dass seine Mutter Bürgerwehrlerin ist, bewaffnet noch dazu, bevor er sie zu uns zitiert. Aber der Grant bringt nix. Und dich eh nicht zurück.

Die Eltern hat die Nachricht vom Streifschuss erreicht. Da haben sie die Barbara aus ihrer Wohnung in der Kreisstadt gestaubt, dass sie nach mir schaut. Sie hat eine Sporttasche umgeworfen, darin ihre diversen Unterhaltungsgeräte verstaut, auch ein Glas von der Mama, in das sie drei rostbraune Schnitzel gesteckt hat, Zitronenscheiben dazwischengeklemmt.

Die Mama hat aufs Großstadtleben geschimpft, sagt die Barbara und zwirbelt ihre Perlenohrringe, *das kannst du dir nicht vorstellen. Sie findet, hier kann man nicht leben. Dass hier doch alle narrisch sind. Sie findet auch, du sollst dir das mit den Kühen noch mal überlegen, jetzt, wo der Alois doch studiert und nicht mehr Landwirt werden will. Du bist der nächstbeste Sohn, hat sie gesagt, so quasi. Besser wie nix.*

Im Treppenhaus brüllt Johann in sein Telefon, *Die Skitour fassen wir ins Auge, Kurt!*, er steigt die Stufen schnell hinunter. Ist verjüngt. Genau wie seine Traudl. Es ist ein Wunder, das ich noch nicht ganz fassen kann.

Ans Sterben und Dämmern ist nicht mehr zu denken. Ad acta gelegt seit der Silvesternacht, in der Frau März einen plötzlichen, nahezu zauberischen Kraftschub erhalten hat und flugs auf eine Platane geklettert ist, mit welchen Armmuskeln auch immer. Schwinghangelte so von Ast zu Ast. Dort oben saß sie dann frierend frohlockend, glücklich, so weit wie möglich weg von dir zu sein, Johanna, ohne das Feld gänzlich zu räumen. Amüsiert hat sie ihrer Gesellschafterin dabei zugesehen, wie sie ganz außer sich in Unterhemd und Boxershorts durch ihren Garten gestiefelt ist und nach ihr gebrüllt hat, während es im Himmel nur so krachte.

Und Herr März, drin im Warmen, umhüllt von Federn, Laken, Daunen, hat gespürt, dass er jetzt doch mal etwas tun muss. Er hat seinen Kehlkopf und seine Stimmbänder befragt, *Funktioniert ihr noch?*, hat er sich erkundigt und ein Gurgeln und Vibrieren in der Kehle gespürt. Er ist aufgestanden, hat so lange auf dem Telefon herumgedrückt, bis das Freizeichen erklang und hat den Ludwig angerufen, *Nicht erschrecken*, hat er gesagt, *hier ist Johann, ich spreche wieder. Traudl ist weg. Kommt nur schnell her.*

Die Vorkehrungen haben sich ausgezahlt, hat mir die Traudl gestern leise zugeflüstert, *wir sind wieder im Spiel. — Das wird den Ludwig schön ärgern*, habe ich gesagt, und wir haben beide gefeixt und uns gefreut. Nur von der Johanna sagt keiner ein Wort. Als wäre sie nie hier gewesen. Aber das warst du. Und jetzt steht der Johann vor uns, ein wenig wacklig noch auf seinen untrainierten Beinen, und reicht mir eine Salbe. Die Barbara stiert auf die langen, gerippten Baumwollunterhosen, die er trägt. *Das Angebot gilt*, sagt er zu mir und streicht Wollläuse von den Palmblättern. *Weißt du ja, gell?*

Die Barbara lässt von ihrem Lebkuchen ab, *Was für ein Angebot?*, fragt sie. *Ich kann hier wohnen*, sage ich. *Johann und Traudl fänden es in Ordnung. Stimmt doch, oder?*, frag ich den Johann, und er nickt.

Und ich bin froh, dass sie nicht fragt, warum ich rausmuss aus der Wohnung, meiner alten. Denn indirekt bist du dran schuld, Johanna, aber direkt eigentlich bloß die Blödheit meiner Mitbewohnerinnen beziehungsweise eine Aktion, die die Partei im neuen Jahr gestartet hat. Sie will: dass alle Homo- und Bi- und Trans- und Pansexuellen sich melden, und alle psychisch Kranken auch, alle Depressiven Schizophrenen Essgestörten und so weiter, eine Volkszählung wie bei Herodes oder zu noch ganz anderen Zeiten soll es geben, sie haben Briefe eingeworfen, Beamtentypografie auf Klopapiergrau, Stempel statt Briefmarken, und haben sämtliche Haushalte mit Fragebögen geflutet, auf die man Kreuze setzen soll.

Anzahl der Mitglieder des Haushalts. Psychische Erkrankungen, ja, nein. Wie lange, wenn ja. Behandlung ja, nein. Form der Behandlung. Sexuelle Präferenzen. Wenn ja, aktiv oder passiv, theoretisch oder praktisch, wie lange schon?

Meine Mitbewohnerinnen saßen in der dampfenden Küche, ich dazwischen, das wehe Bein hochgelagert auf einem

Holzstuhl mit grünem Polster, den wir auf der Straße gefunden hatten, Klara und Rike tranken die klebrigen Reste vom Neujahrsabend aus und ließen den Gratiskugelschreiber kreisen, wunderten sich, dass die Fragebögen genau am 1. Januar durch die Briefschlitze geflogen kamen, fragten sich, ob das Absicht sei, *Wollen die, dass man im Halbrausch Kreuze setzt?* Ich befand mich ohnehin noch in diversen Räuschen, einmal wegen des Beruhigungsmittels vom Spital, dann wegen der jüngsten Ereignisse im Tunnel, so ein Schuss hinterlässt doch seine Spuren. Und auch wegen deines Verschwindens, Johanna, war ich wohl ganz bestimmt nicht richtig klar im Kopf und wirklich froh, daheim zu sein. Rike hatte mich aus dem Krankenhaus hierher befördert, sie hatte mich auf die Rikscha geschnallt, in der sie ansonsten Touristen durch die Stadt fährt, und als ich halb sediert hinter ihr saß, dabei zusah, wie ihre Oberschenkel, die rund und muskulös wie die einer Diskuswerferin waren, sich immer wieder im Rhythmus ihrer Tritte auf und ab bewegten und ihre türkis gefärbten Zopfspitzen auf ihren Rücken schlugen, da wurde mir vor Dankbarkeit gleich noch viel schwächer in den Beinen.

Und ich dachte, wir wären uns einig, dass wir die Kreuze malen, wie wir wollen, also alles ankreuzen, nur nicht die Wahrheit, weil die keinen etwas angeht, zumindest nicht diese Partei. Und nachdem Rike gedroht hatte, den Narzissmus von Klara klar zu benennen, und sie ihr umgekehrt Fresssucht und damit eine psychische Erkrankung unterstellt hatte, wurden sie ganz bierernst, sie sahen mich an und sagten, *Elisa, wer war denn diese Frau da am Silvesterabend?* Und ich sagte freiheraus und nicht ganz unstolz, dass du meine Geliebte gewesen seist, aber jetzt auf und davon und nicht mehr richtig greifbar, und dann sagte die Klara, *Du weißt ja, dass das hier ein Safe Space ist, du hättest uns von* deiner sexuellen ... Neigung in Kenntnis setzen müssen, gleich zu Beginn. Großes Sorry, dass ich das jetzt anspreche, so kurz nach dem Schuss. Trotzdem. Ich hatte sie wohl nicht ganz verstanden. Entsprechend stutzte ich ein paar Momente lang, ächzte leise, als die Wunde sich bemerkbar machte, es fühlte sich an, als würde unter meiner Haut was reißen, als schnitte sich jemand brutal durch mein Bein, und ich warf Schmerzmittel nach, das schmeckte wie Zement in Pulverform. *Wir haben uns dafür entschieden, keine Männer aufzunehmen,* sagte Klara, *damit wir sicher sind und uns im intimen Umgang miteinander und mit uns selbst nicht einschränken müssen. Weißt?*

Rike faltete ihre runden Hände. Sie seufzte und sagte, *Du wirst zugeben müssen, diese schöne Utopie ist dahin in dem Moment, in dem du uns begehrst.* An dieser Stelle musste ich einmal laut auflachen. Dann schlug ich mir die Hand vor den Mund und Rike griff sich den Kugelschreiber, sie ließ ihn knapp über dem Fragebogen schweben. *Weißt du, Elisa,* sagte sie, *wir wollen dir ja eigentlich nur helfen.*

Das müsst ihr gar nicht, sagte ich, *es geht mir blendend, na, bis auf die Schusswunde vielleicht.* Und dabei dachte ich an dich und an den Reißverschluss deiner Trainingsjacke, ich dachte, dass Klara und Rike nie wissen würden, wie es war, einen ganzen Tag lang mit dir im Hotel zu hausen und gestohlenes, streusplittbesetztes Obst zu essen, nie würden sie das verstehen und da taten sie mir wirklich leid.

Rike bohrte die Mine des Kugelschreibers ins Papier, sie bohrte sie bis in die Tischplatte hinein, dann schrieb sie eine nach links geneigte *Drei*. Wir hatten uns in den wenigen Monaten, die ich hier wohnte, immer *Das heilige Triumvirat* genannt, aber hätte ich nicht aus früheren Zeiten wissen müssen, dass Drei die Zahl ist, die nie funktioniert, nie, nie, nie? Die Barbara, die Emerenz und ich. Immer eine zu viel. Klara nahm meine

Hand. Ich sah auf ihre kurzen Locken und merkte, dass sie lichter wurden, die Geheimratsecken reichten weiter nach hinten als früher. Ihr Nasenring bebte. *Ein erster Schritt wäre doch*, sagte sie, *das Kreuz zu setzen und dazu zu stehen. Zu dem, was du nun einmal bist. Du hast es dir ja auch nicht ausgesucht.*

Ich ahnte, dass die beiden sich die Ansprache schon vorher überlegt hatten, ohne mich. Sie hatten ein Vorgehen geplant und taten jetzt ganz spontan. Und um mir das alles zu ersparen und bloß nicht loszuheulen, sagte ich, *Macht euch keine Sorgen, euch wird nichts passieren, ihr seid ja gar nicht mein Typ. Aber ich werde ausziehen.*

Rike und Klara sahen schlagartig so froh aus, so erleichtert, dass ich doch anfing zu weinen, *Das sind bloß die depperten Schmerzen*, sagte ich. Rike sagte, *Also, ich glaube, ich sprech für alle hier im Raum, wenn ich sage, dass wir dich auf keinen Fall hinauswerfen wollen*, und Klara nickte und sagte, *Aber nach allem, was passiert ist, bedeutet das natürlich schon eine Entlastung. Ich will da ganz ehrlich sein.* Und Rike sagte, *Komm her, ich drück dich mal. Das wird schon wieder, wenn dir der Richtige erst einmal begegnet.*

Seitdem bin ich hier. Hänge dir nach und deinen Steinaugen. Könnte ein Zimmer haben mit Blick auf den Garten und Eieruhren bis unter die Decke. Könnte den Ludwig in den Wahnsinn treiben, der eh schon verzweifelt, weil das Haus doch noch lange bewohnt bleiben wird. *Hier tät ich's auch aushalten, zieh doch ein*, sagt die Barbara zu mir und rekelt sich ganz akrobatisch. Sie zwickt mich ins gesunde Bein. *Ich helf dir auch beim Räumen.*

Charlie

<u>Irgendwie schiffbrüchig fühle ich mich hier, zurück in unserer Wohnung, ohne sie. Alles wankt ein bisschen, die Türen klemmen, Schritte hallen, ich bewege mich so vorsichtig durch die Räume, als könnte alles in sich zusammenstürzen, wenn ich nicht achtgebe, Schlagseite kriegen und versinken. Den Schuss</u>

habe ich immer noch im Ohr. Nicht zu fassen. Meine Mutter hat eine Frau angeschossen, es gibt eine Polizeimeldung dazu, und die Beschreibung der Tatvorgänge klingt wie eine Schablone, die auf jede x-beliebige Person dieser Stadt anwendbar wäre, zumindest rein theoretisch, zumindest, wenn alle mit Waffen herumlaufen und sich vorher einen Schwips antrinken würden, was natürlich nicht jeder fertigbringt, meine Mutter aber mit links. Und ich war dumm genug, sie anzurufen, auch wenn es vielleicht am Joint lag, dass ich ausgerechnet von meiner Mutter erwartet habe, dass sie eine Situation *beruhigt*.

Das Letzte, was ich von Burschi gesehen habe, war, wie sie auf einer Trage weggebracht wurde, bedeckt mit goldener Folie, so vorsichtig, so zehenspitzig wie möglich, damit der Schuss nicht noch größeren Schaden anrichtet, tot war sie nicht, aber so richtig lebendig wirkte sie auch nicht, halt irgendwas dazwischen. Nur *ein Streifschuss*, hat einer der Sanitäter zu mir gemeint, der wohl gesehen hat, dass ich ganz reglos in mich zusammengesackt am Tunneleingang saß und Steine gestapelt habe, bis mir einer sagt, wo ich hin soll. Die andere Person ist einfach verschwunden, ich weiß nicht, ob sie in den Tunnel gerannt ist oder wo sie sonst abgeblieben sein könnte, ich frage mich auch, ob sie was eingeworfen hat und deswegen so durchgeknallt drauf war, vielleicht hatte Charlotte ja doch recht, was Drogen angeht, wobei es in ihrem Fall auch wenig geholfen hat, dass sie keine nimmt. Und was wäre gewesen, wenn die Waffe noch auf Dauer- statt auf Einzelfeuer eingestellt gewesen wäre, was wäre dann passiert?

Unten im Hof steht ein kleiner Junge in einem blauen, wattierten Schneeanzug, er schaut starr in eine Richtung und hat seine Stimme zur Trompete verformt, damit spielt er jetzt eine traurige Fanfare, er beschallt alle Nachbarn, und sogar die Kolkraben werden massiv melancholisch davon, sie treten den Rückzug in ihre Schlafkolonien an, ein paar lassen sich einfach fallen, hinein in den Schnee. Das ist schon ein extraordinär beschissener Start ins neue Jahr, das kann man echt nicht anders sagen.

Ich frage mich, was für ein Sonderkommando das war, das meine Mutter da in sein Auto geladen hat, wie es in der Psychiatrie aussehen mag, in der sie vorerst unterkommen wird, irgendein Anwesen am Stadtrand, hieß es nur kurz und wenig konkret, ich frage mich, ob Charlotte safe bei ihnen ist, in guten Händen. Sie hat die Autoscheibe heruntergekurbelt und mich tapfer angelächelt, ziemlich ramponiert sah sie aus, das bauschige Haargummi auf halbmast, das Tüchlein überm Rücken wie der Umhang einer gescheiterten Superheldin, bunt getupft und wie aus einer anderen Welt, schien mir, aus einer anderen Zeit, in der es noch undenkbar war, dass jemand schon nach ein paar Wochen Ausbildung scharfe Waffen benutzen darf oder sich 50 000 Bürgerinnen und Bürger bereit erklären, ehrenamtlich für mehr Sicherheit im Land zu sorgen. *Sie sperren mich weg, Charlie*, hat Charlotte mir zugerufen, *ich denke, es wird schon alles in Ordnung gehen*, und das klang wirklich nicht beruhigend, aber in dem Moment ließ sich nichts machen, keine Zeit für Diskussionen, sie hatten sie im Nu davongefahren. Immerhin ist Charlotte stur und zäh und hart im Nehmen, wenn sie sich einmal etwas in den Kopf gesetzt hat, macht sie es auch, so wie damals, als sie mir zu meinem Geburtstag etwas ganz Besonderes bieten wollte und mit mir auf einem Schlauchboot den Kanal hinabgepaddelt ist, ein riesiges, blasses Spanferkel mit an Bord, das ab und an schwer an meine Schultern prallte, ich denke daran, wie wir es in einer Schleuse beinahe verloren hätten und wie Angler uns ausgelacht haben und wie die Raben über uns gekreist sind, gierig auf das rohe Fleisch. Wie wir dann irgendwann an einem kleinen See ankamen und Charlotte für uns zwei dieses Ferkel gegrillt hat, sie hatte nicht nachgesehen, wie lange das dauert, ich denke daran, wie wir sieben Stunden gewartet haben, dass es gar wird, und am Ende fast alles an die Nachbarn verschenkt haben, einen Junggesellenabschied aus Kleinlindenow. Bei dem Gedanken daran werde ich schrecklich traurig, aber gleichzeitig tröstet er mich. *Sie wird das schon schaffen*, sage ich laut, *Sie ist erfinderisch*. Ich mache den Kühlschrank auf, und er ist tropfnass, weil das Gefrierfach auftaut, in eisigen Kaskaden läuft das Wasser Fach um Fach um Fach hinab bis in die Schublade, und überhaupt ist die Auswahl begrenzt, zwei Stängel Zitronengras ragen ganz oben aus der Luke, irgendein rosiges, gefrorenes Etwas liegt in einer Schale, das eine Garnele, genauso gut aber ein Fötus sein könnte, und in einer Porzellantasse treiben drei Radieschen; ein ziemlich klägliches Menü.

Also rufe ich stattdessen Toni an, *Was geht bei dir so?*, frage ich, und er beschreibt mir seinen Silvesterabend haarklein und in allen Details, von der Marke der Biere über die Anzahl der Gäste über das Dekolleté der Deborah und auch ihrer Freundin bis zu den Dezibel der Knaller, und erst da merke ich, dass ich mich irgendwie selbst wie angeschossen fühle, wie nicht mehr ganz heil und so, als müsste ich mich eine lange Zeit verkriechen.

Charlotte

<u>Ich habe zwei Mitinsassinnen, Margot und Roxana. Sie leben hier mit mir an diesem Ort, von dem ich wenig weiß und oder wissen will.</u>

Roxana in meinem Zimmer. Margot nebenan. Stück für Stück finde ich Dinge heraus, die zweckdienlich sein könnten. Wofür? Ich habe *zielführend* durch *zweckdienlich* ersetzt. Die Teeküche ist dunkel, das Fenster führt auf einen Lichtschacht hinaus, ich habe es aufgerissen, den Kopf hinausgestreckt, ein paar Stockwerke nach unten in den dämmrigen Schlund gesehen. Da feuchtet der Boden Pflanzen aus, die brauchen kein UV-Licht, keine Wärme, und wachsen immer, auch im Winter. Auch Müll liegt unten. Alles in allem ist es hier sehr unhygienisch. In der Küche überall halbierte Zitronen, *Ich brauche ihren Saft, um klarzukommen*, sagt Roxana, das glaube ich ihr sofort. Roxana ist groß und glatt wie ein Laternenmast. Margot ist eine kleine Spitzmaus, sie liegt auf ihrem Bett, auf der gekreppten Bettwäsche, die mit unheimlichen Gesichtern bedruckt ist, und spielt auf der Querflöte, als gälte es was. Was sie hierhergebracht hat, weiß ich nicht. Ich weiß es nicht mal bei mir selbst. Sie haben mir einmal etwas zu trinken angeboten, aber ich konnte die Flüssigkeit nicht klar identifizieren, es hätte Alkohol drin sein können. Ich trinke nicht mehr. Warum? In meinem abstinenten Schädel bewegen sich meine Gedanken ruckartig, schwerfällig und folgen doch einer ganz neuen, präziseren Logik. Das Haus verlasse ich nie. Vom Fenster aus kann man die Kirchturmspitzen wie Spargel aus der Stadt ragen sehen. Den Gasometer auch, auf den die Partei ihren Banner gehängt hat, groß wie ein Weizenfeld.

Overkill, sagt Margot zu mir, *Du hattest einen Overkill*. Die Sukkulenten auf der mehrstöckigen Blumenbank in ihrem Zimmer färben sich wachsweiß. Rötliche Spitzen, ungesunder Glanz. Womöglich hat sie recht, nur wäre eine Bestandsaufnahme förderlich: Was genau ist mir wann zugestoßen? Was habe ich *gemacht*? Roxana hat mir versichert, dass Charlie informiert ist, dass er eine zweckdienliche Postkarte erhalten hat, auf der das Wichtigste ausformuliert ist in klaren Vokabeln, aber woher weiß ich, dass auf der Karte die Wahrheit steht, dass niemand versucht, Charlie und mich zu entzweien? Ich suche nach Zeichen. Aber hier in der Wohnung gibt es keine, nichts. Nur Wände und Zitronen.

Roxana trägt heute eine blaue Unterhose. Das ist auch das Einzige, was sie untenherum anhat. Manchmal kommt jemand und bittet sie, sich anzuziehen, aber keiner zwingt sie dazu. Ab und zu planen die beiden Frauen einen Ausflug hinaus. Sie malen sich aus, wie sie einfach verschwinden, Wein trinken, ihre Familien treffen, Bogen schießen, um eine Straßenecke biegen und die nächste, und keiner hält sie zurück. Sie gehen aber nie.

Vermutlich hätte ich diese Unterkunft früher problematisch gefunden, hätte sie gar als schmuddelige Bumsbude bezeichnet. Aber früher war ich auch Präzisionsschützin, und seltsam, die Vorstellung, ein Gewehr in der Hand zu halten und Leute umzulegen, macht mir jetzt beinahe Angst.

Charlotte, sagt Margot jetzt zu mir, du wirst heute Nachmittag von der Regentin erwartet, aber du musst dich dafür nicht waschen.

Weil ich ein Mensch mit sensorischen, nahezu hellseherischen Fähigkeiten bin, weiß ich, was sie mir sagen will. *Du stinkst wie ein Iltis, Charlotte Venus. Bitte wasch dich sofort!*

Ich betrachte mich von oben, das ist gerade keine große Freude, man hat mich in ein Hemd aus Polyester gesteckt, das um die Hüften spannt und mir die Brust flach an den Körper presst, aber um meinen Hals hängt noch mein gepunktetes Tuch, und es riecht angenehm nach Kanalwasser. Meine Füße sind nackt, obwohl die Wohnung ziemlich kalt ist. Von Zeit zu Zeit zuckt mein rechter Arm unmotiviert, ich gebe gewiss ein erbärmliches Bild ab.

Doch, doch, das kann man schon mal machen, so ein bisschen Wasser ist doch okay, sage ich und gehe durch den Gang, barfuß über die roten Fliesen. Ich stoße eine Glastür auf, die mir absurd erscheint, wenig gastlich, vorbei an irgendwelchen fremden Menschen, die hinter weißen Tresen in Computer tippen und Aushänge an eine Pinnwand hängen und andere Menschen in Zimmer führen, die aussehen wie unseres und dann wieder auch nicht. Ich öffne die Tür zu dem Bad, das pflaumenrot gestrichen ist. Rotes Dämmerlicht steht darin, Lichtschachtlicht, das die violetten Wände umrührt. Die Energiesparlampe rührt mit. Jemand hat mit fingerdicken Pinselstrichen auf den Wannenrand geschrieben, *Waschen Sie sich überall,* ÜBERALL. Ich wasche mich also zwischen allen Zehen, hinter den Ohren, zwischen den Fingern und Beinen. Auf dem Oberarm entdecke ich einen Abdruck, der sich schon bläulich gelb verfärbt. Unmöglich zu sagen, woher der kommen könnte. Vorsichtshalber verwende ich alle Salze und Salben und Seifen, die auf dem Wannenrand stehen, reibe sie in mein Haar und scheuere meine müden Ellbogen damit ab. *Die Außendusche ist der Swimmingpool des kleinen Mannes*, höre ich plötzlich meinen Onkel sagen, und ich denke daran, wie er immer ganz vergnügt und nackt und albern durch den Garten gesprungen ist, nachdem er geduscht hatte, wie gerne er in Anwesenheit seiner Grillgäste unter der Dusche stand und sich ab und zu ein Würstchen von Tante Liese bringen ließ.

Der Duschschlauch würgt, ruckt und zuckt auf einmal so rabiat, dass es ihn aus der Halterung reißt. Ich hasche danach, ich versuche, ihn in den Griff zu bekommen, aber ich schaffe es nicht gleich, erst viel später, als das ganze Bad schon überflutet ist. *Fehlkonstruktion*, denke ich noch und merke, wie ich wütend werde, Schlamperei, das mag ich ja gar nicht. Und dann erinnere ich mich leider an alles.

Ich habe auf eine Frau geschossen, betrunken. Ich habe Moni, der rechtschaffenen Moni, ihre Waffe entrissen und ihr damit kräftig eins übergezogen. Plötzlich fällt mir auch wieder ein, wie Charlie mich angesehen hat, als ich ins Auto gestiegen bin. Erschrocken und mit großen Augen, die von einem zarten, roten Spinnennetz überzogen waren. Und gleichzeitig wirkte er so unbeteiligt, als wäre ich eine x-beliebige Randaliererin, die man endlich wegschafft. Ich kauere mich hin. Das Wasser fällt auf mich, es fällt immer weiter. Und es ist kein gutes Gefühl, klatschnass in einer fremden Dusche zu kauern und zu wissen, dass man die Kontrolle verloren hat und es alle mitbekommen haben, es ist sogar ausgesprochen unerfreulich. Ich wusste doch immer, dass loslassen nicht zweckdienlich ist.

Burschi

Und das ist dann wieder so ein Tag,

an dem die Werbung seltsam klingt, Buchen Sie Ihren Bestattungstermin noch heute bequem online, oder Fliegen Sie zu einer einzigartigen Person, und ich denke, klar, sofort, nur zu gern, und dann steht da doch nur zu einzigartigen Preisen, und ich verbrenne mir die Zunge an jedem Schluck Tee.

Und die Kassiererin, die drei Armreife übereinander trägt, schwarz, rot und gelb, aus schmutzig abgekautem Gummi, reicht ihrer Kundin den organischen Widerstandsdünger über das dunkel dahingleitende Kassierband hinweg, und ich muss zweimal hinsehen, dreimal, aber so steht es wirklich auf der Packung.

Charlie

Jaja nee, ruft Alf ins Telefon. Wir haben noch mal Glück gehabt, die Frau vom Amt für Staatsmoral hat nichts Verdächtiges bei uns gefunden, wir können erst mal weitermachen, hieß es, solange wir uns gut benehmen, na ja, du kennst uns ja, das werden wir ganz sicher nicht.

Ich sitze wieder im Büro, neun Riegel vor der Tastatur, Bounty Bounty Snickers Mars Balisto Mars Mars Mars Mars, schütte eine Demarkationslinie aus Smarties auf; in unserer Wohnung halte ich es gerade keine zehn Minuten aus, diese zähe Stille, diese charlottenfreien Räume, da bin ich lieber hier, zwischen Boxen und Verstärkern und Alf und Ante und Fidan, trockene Heizungsluft in den Nasenlöchern, die immer wieder gleichen Zeilen eines Songs im Ohr, zu dem Ante gerade ein Video schneidet. Die Klinik hat mich angerufen, eine Frau mit weicher Stimme hat mir mitgeteilt, dass ein Besuch derzeit nicht möglich sei, dass Charlotte sich mit dem Schuss quasi selbst traumatisiert habe und derzeit stark an Depersonalisation und auch Derealisation leide, eigentlich sei es schon ein massiver Realitätsverlust, und man hoffe, dass man noch mal um eine Psychose herumkomme. All das klingt grausig und es gibt nichts, was ich tun kann, beruhigend ist nur, dass Charlotte scheinbar irgendwie zurechtkommt, sie habe sich bereits rege mit den anderen Patientinnen unterhalten, hieß es, wirke munter, verhalte sich kokett, geheimniskrämerisch, man ließe sie mal machen, da es harmlos wirke, behalte sie aber gleichzeitig genau im Auge.

Und weil alles nur noch zu wanken und zu schwanken scheint, ist es gut, hier zu sein, denn hier im Studio geht es immer irgendwie weiter, die Tür klappt immer wieder auf, ein Schwall Winterluft weht Rapper herein, Kameras, eine neue Zimmerpflanze und Bierkästen, die sich hier bei uns rasend schnell leeren, Kolleginnen von oben, von nebenan, die Jungs aus der Fahrradwerkstatt, die Fidan auf einen Joint einladen, was jetzt, wo Manuela weg ist, endlich wieder entspannt möglich ist, oder eine Frau schaut vorbei, die mannsgroße Lippenstifte aus Pappe für das neue Video von Traumatruppe liefert, immer irgendetwas, worauf man die Gedanken ablegen kann für eine kleine Zeit.

Heute soll ich mir selbst ein Zeugnis schreiben, das versuche ich jetzt, sacke immer tiefer und tiefer in den weichen Bürostuhl, weil ich das schon sehr schwierig finde, *Charlie Venus wartete stets mit extraordinären Ideen auf*, schreibe ich, *sein Teamgeist war makellos und grenzte an Selbstaufgabe für die Sache, er ist auch sehr musikalisch, es bleibt ihm zu wünschen, dass er Fuß fassen wird in der Welt der Musik.*

Ante hat seinen Stuhl neben den von Alf gerollt, sie besprechen den nächsten Videodreh, *Ein, zwei weitere Ladys wären vielleicht doch ganz gut*, meint Ante. Er findet, sie sollten schlank sein und lange Beine haben, bettelnd auf der Straße sitzen und in Mülltonnen wühlen, um das containerte Essen dann möglichst lasziv und ohne den Lippenstift zu verschmieren zu verzehren und gleichzeitig einen authentischen Background für einen wichtigen Song über Diskriminierung zu liefern, berührend und dennoch sexy. Und ich freue mich still und leise hinter meinem röhrenden Computer, dass Pseudoluchs mir längst gesagt hat, dass ich ihr so ganz besonders angenehm bin, weil ich so anders bin als Alf und Ante und all die anderen Hoschis in der Branche, so *echt*, so hat sie das zumindest formuliert, und dass Alf und Ante das nicht wissen, das ist das Beste daran. Auch, dass wir uns treffen wollen, um den Flashmob zu besprechen, den sie plant, wissen sie nicht. Die Partei hat eine große Kundgebung zum Thema Sicherheit angekündigt, ich ahne, dass das was mit dem Vorfall im U-Bahn-Tunnel zu tun hat, denn die Veranstaltung soll direkt am Anita-Augspurg-Platz stattfinden, Pseudoluchs will, dass wir Werbung für die Gegenaktion machen, sie will die Leute über geheime Kanäle auffordern, am Tag der Kundgebung um Punkt 16 Uhr an der Brücke vor dem Anita-Augspurg-Platz parat zu stehen, ganz unauffällig, um dann, wenn das Stichwort fällt und Pseudoluchs zu rappen beginnt, ein paar Schrittfolgen nachzutanzen, immer wieder quer über die Brücke, sodass kein Durchkommen ist für die Wagen der Partei. Es soll ganz friedlich ablaufen, *Aber widerspenstig müssen wir sein*, hat Pseudoluchs am Telefon gesagt, und ich habe diesen Klang von Schmirgelpapier noch ganz genau im Ohr.

Ey Charliebarlie, ruft Ante und schubbert und schiebt sich auf seinem Drehstuhl in meine Richtung, er bleibt so dicht vor mir stehen, dass ich auf seiner wachsweichen Haut jede Pore sehen kann. *Wie geht es denn der Angeschossenen? Hast du nach ihr geschaut?* Jetzt winde ich mich ein wenig, denn das habe ich ja nicht, irgendwie habe ich das immer aufgeschoben und gedacht, dass ich Elisa störe oder dass das nicht meine Angelegenheit ist oder dass sie ganz und gar nicht gut auf mich zu sprechen ist und so weiter und dass es einfach viel besser ist, damit noch mehrere Monate oder vielleicht Jahre zu warten. *Nein, habe ich nicht,* sage ich, und Ante wiegt seinen Kopf moralisch überlegen, und er sagt, *Aber das solltest du.* In dem Moment erscheint eine Nachricht auf meinem Telefon, Tante Liese hat in unseren Familienchat geschrieben, und ich rechne eigentlich schon halb mit einer Anleitung für Fensterschmuck aus Küchenrollen oder einem Rezept für Schichtrouladen, als ich das Foto öffne. Und dann haut es mich erst einmal so weg, dass ich aufstehe, mich rausschleiche ganz ohne Jacke, über den Hof, bis hinter an das kalte Eisengeländer, da halt ich mich fest und starre auf die Verladestation des Kaufhauses, zu den großen Containern, den Türmen aus Kartons, den Gabelstaplern, die hin- und hersausen und Kisten anheben und absetzen, anheben und absetzen. Und erst als ich sicher bin, dass keiner auf meinen Bildschirm sehen kann, öffne ich das Foto noch mal, ich sehe mehrfach hin, aber Tante Liese hat es wirklich gemacht, sie hat tatsächlich ein Foto von Onkel Gabriel gepostet, sein Gesicht ist nur verschwommen erkennbar, als hätte sie Weichzeichner verwendet, ungeschickt, man sieht die gefalteten Hände auf seinem von kariertem Stoff bedeckten Bauch, in denen eine dicke rote Kerze steckt. Um ihn herum schimmert es, ich identifiziere die violetten Strähnen als Lametta. Ein Filter wurde angewendet, *Polaroidoptik* – Tante Liese hat ein Bild geschickt von meinem toten Onkel, und darunter steht: *Ruhe in Frieden.*

Burschi

<u>Die Barbara ist patent wie eh und wie je, ganz in ihrem Beratungselement. *Es gibt nichts Gutes, außer man tut es*, das sagt sie zu mir und</u>

auch zu sich selbst, wenn sie durch die Straßen fetzt und sich die Stadt aneignet. Als hätte sie sich nicht immer geweigert, weiter als bis zur Vegetationsgrenze ihres Stammwaldes zu reisen, als hätte sie nicht immer gesagt, dass ihre Lungen in Großstädten grundsätzlich versagen und sie das alles nicht brauchen kann, gar nicht. Und jetzt lässt die Barbara sich grafische Zeichen auf den Arm tätowieren, isst mit Weizengras panierten Tofu im Park und sagt bisweilen zu, wenn Männer sie auf windumtosten Brücken zu Sexpartys in alte Waschräume einladen.

Die Barbara handelt den Bäckern die Waren ab, die sie im Dreistundentakt wegwerfen, weil sie in der warmen Luft vertrocknen, mit der sie die Brötchen umschmeicheln, um ihnen eine gewisse Ofenfrische anzuhängen, sie sammelt das Gebäck und verteilt es auf der Straße. Manchmal wirft man es ihr an den Schädel, manchmal spendiert man ihr ein Bier.

Mir fallen Eigenschaften ein, die ich ganz vergessen hatte. Zum Beispiel, dass die Barbara nicht gern alleine schläft, weswegen sie sich ein Nachtlager in meinem Zimmer errichtet hat.

Ich kann nur schlafen, wenn es ganz stad und dunkel ist, das sagt sie auch, und deshalb sitze ich manchmal totenstill und mit Kopfhörern im Dunkeln auf meinem Bett, den Laptop auf den Knien, und traue mich nicht zu lachen, wenn der Spielfilm lustig wird. Die Barbara liegt auf dem Rücken und schnurcht und schnarcht und isst ihr Abendbrot am allerliebsten gleich im Bett. Brezen und anderes brüchiges Zeug.

Und in ihrer ganzen Patenz ist sie jetzt schwer irritiert von meiner Untätigkeit, dem Fläzen auf dem Sofa. *Du musst aktiv werden*, sagt sie, *sonst kommst da nicht raus.* — *Woraus denn?*, habe ich unwirsch gefragt und wohl gewusst, was sie da meint. Dass es nicht nur der Streifschuss ist, sondern auch die Liebe, das ahnt sie wohl. Hakt aber nicht nach. Mit der Traudl und dem Johann hab ich gesprochen und habe ihnen alles gestanden. Den Deal mit dem Ludwig, meinen Internethandel und so weiter. Sie waren gar nicht allzu grantig — *Du hättest uns ja auch nicht fragen können*, haben sie gesagt. *Ab jetzt bitte schon.*

Und als die Barbara wieder einmal heimkommt, sagt sie, *Ich habe einen Flohmarkt gesehen, echt ganz cool, da verkaufen die Leut allen möglichen Kram, wie wär denn das für euren Haushalt, Johann, eure Sammlungen*, und dann sieht sie mich an und sagt, *Räum doch mal auf, Elisa. Und sortiere. Dann mach ma an Stand.*

Weil die Barbara da sehr penetrant sein kann und weil der Johann sagt, *Why not?*, stehe ich auf, *Ist ja okay, alte Mistgurgel, ich fange jetzt an*, das sage ich ganz lieb.

Da schellt es an der Tür, und alle werden kurz richtig fahrig, weil sie denken, es könnte der Ludwig sein. Aber als ich die Tür aufmache, steht da der Charlie. Die froschgrüne Jacke geschlossen bis hoch an sein Kinn, einen Jutebeutel über der Schulter, der ebenso prall gefüllt wie akkurat gepackt aussieht. Charlie schaut mich unwohl an. *Hallo Elisa. Wenn es gerade nicht passt* —

Charlie

<u>sage ich, aber Elisa winkt mich rein, sie trägt einen übergroßen Strickpullover und Leggings, wirkt nicht so, als wäre sie in letzter Zeit viel an der Luft gewesen, um sie herum hängt so ein Hauch von Budenkoller und Verzweiflung, na, ist ja auch kein Wunder.</u>

Ich bin nur auf einen Sprung hier, muss eh gleich wieder weiter!, sage ich, und sie nickt und führt mich in einen Raum, der hoch ist, staubdurchsetztes Licht, links an der Wand hängt ein großes Gemälde, auf dem eine Frau durchs Wattenmeer stapft, es sieht so schwer und ölig aus wie der Karren, den sie hinter sich herzieht, so, als würde es die ganze Wand mit sich reißen, wenn es hinunterfällt. Auf dem Boden liegen verblichene Teppiche, große Sitzpolster, um die Elisa Slalom läuft und ab und zu leise Zefix sagt, was ich mal als Schmerzenslaut interpretiere und was mir natürlich sofort ein schlechtes Gewissen macht, stellvertretend für Charlotte. Elisa, sage ich, *das mit dem Bein, das tut mir furchtbar leid. Meine Mutter war in einem total panischen Grundmodus in dieser Nacht, und ich hätte sie nicht fragen sollen …* Elisa dreht sich um und schaut mich kurz ein bisschen eindringlich an, aber dann räuspert sie sich. *Schon gut, du kannst ja nix für deine narrische Mutter. Du hast's bloß gut gemeint.*

In der Küche steht eine alte Frau, herrje, ist die alt, ihre Haut ist beinahe durchscheinend, genau wie ihr Nachthemd, das kurze Haar steht ihr um den Kopf wie einem alten, zarten Vogel, sie öffnet das Gefrierfach des Kühlschranks und holt ... einen Schneeball heraus. Auf den kippt sie Wasser aus einem Kanister, auf dem *Weihwasser* steht. Sie wirkt konzentriert, lächelt mir aber kurz zu, ganz jung und verschmitzt, und Elisa sagt, *Traudl, das ist der Charlie, seine Mutter hat auf mich geschossen*, und da lacht Traudl und sagt, *Dass du dich hierher traust!* Und dann verschwindet sie hinaus, und durch das Fenster sehe ich, wie sie den Schneeball mit voller Wucht und erstaunlicher Körperkraft über den Dachfirst schleudert, das alles bringt mich einigermaßen aus dem Konzept, obwohl ich von Charlotte doch viel gewohnt bin. *Was macht sie denn da?*, frage ich und muss mich sehr zurückhalten, nicht mein Smartphone rauszuholen und die alte Frau zu filmen, *Das ist ein Rauhnachtsbrauch*, sagt Elisa, *damit der Blitz nicht einschlägt dieses Jahr.* – Ein was?, frage ich, aber Elisa achtet gar nicht auf mich, denn sie hat jetzt einen Brief in der Hand, sie reißt ihn auf, und sie kratzt sich sehr wütend am Bein.

Burschi

<u>Mei, mei, mei, so ein Schmarrn, sage ich, und</u>

der Charlie schaut mich groß an und sagt, *Was ist das?* – Post vom Amt, sage ich ihm, vom Ministerium für Volksgesundheit. *Ja bist du deppert. Die wollen mich beraten, in meiner Libido. Mit einem Brief habe ich eh gerechnet, wegen des Fragebogens. Aber dass die so schnell sind ...* – Den Fragebogen habe ich auch bekommen, sagt der Charlie, *aber mit dem Ausfüllen warte ich mal, bis meine Mutter aus der Psychiatrie kommt. Was genau schreiben sie denn?*

Ich gehe zum Sofa, setze mich. Schinde so ein bisschen Zeit, denn eigentlich will ich gar nicht laut aussprechen, was ich da lese. Ich soll erklären, sage ich, *wieso ich abweiche vom bewährten Schema F. Ich soll mir bewusst machen, dass ich dem Staat laufende Kosten verursache, weil ich ihrer Meinung nach garantiert irgendwann depressiv und unproduktiv werde und Psychotherapie brauche, Psychopharmaka ...* Übermorgen ist der Termin. Der Charlie kommt zu mir, hockt sich neben mich und stellt vorsichtig die Tasche ab, dass oben nichts rausfällt. Dann sagt er, *So was Blödes, Elisa!* Kurz schweigen wir und sitzen nur ganz unwohl herum. *Ich wollte dich eigentlich fragen,* meint er dann, *ob du zu unserer Protestaktion kommst, so eine getanzte Blockade, damit die Wagen der Partei nicht bis zum Anita-Augspurg-Platz fahren können. Oder zumindest nur verzögert.* Mein Bein pocht auf, es will nicht, dass ich gehe. Mich viel bewege überhaupt. Aber ich sage, Klar, gib mir Bescheid! Und nenn mich doch nicht immer Elisa. Lieber Burschi. So hat mich mein Vater getauft, als ich mal auf einer Einkaufstüte die ganze Piste runtergerodelt bin. — Das ist ja mal ein extraordinärer Name, sagt der Charlie, was ich schon etwas seltsam finde. Und dann fragt er noch, Wer war denn eigentlich die Frau? Die andere? — Das war die Johanna, sage ich. Ich hoff, sie kommt bald wieder.

Eine kleine Weile später zieht Charlie von dannen. Stapft den Weg zum Gartentor und winkt mir noch mal zu mit dem Butterbrot, das ich ihm geschmiert habe, damit er die Fahrt übersteht, und verschwindet dann mit weichen Schritten aus meinem Sichtfeld. Charlie ist solide wie ein Brückenpfeiler. Wenn man sich anlehnt an ihn, fällt er nicht um, da bin ich mir sicher.

Kohlegeruch liegt über der Straße und eine heilige Luft steht mir um die Ohren. Sie ist kalt und man ahnt den Schnee, der oben zwischen allen Sternen hängt, sich schon bereit macht zum Fall.

Charlie

<u>Vor mir sitzt ein Mann am Steuer und kaut NicNacs, sein Gesicht ist zerfurcht, rote Kraterlandschaften haben sich darauf gebildet, Berge und Täler, gelbe Eiterseen, blutige Flüsse. Ich würde gerne</u>

nicht so genau hingucken, aber ich kann nicht anders, ich muss auf den Tacho schauen, der Blick dorthin führt an seinem Gesicht vorbei, und ich muss nun mal gerade das Tempo überprüfen, denn wir rasen mit wer weiß wie vielen Sachen in einem Opel Astra über die Autobahn, so schnell, dass es die Brandenburger Kiefern und Autobahnbrücken und das Dammwild nur so an meiner Netzhaut vorbeihaut, und ich starre auf die Kmhs und habe mir geschworen, wenn die rote Nadel auf die 180 zuckt, die mattweiß ist und ganz zerkratzt, dann sage ich was, denn der Astra ist alt, viel zu alt für solche Strapazen, zu meinen Füßen befindet sich ein rundes Loch, durch das ich direkt auf den hinwegrauschenden Asphalt sehen kann, das Fenster neben mir scheppert wie wild und auf den Sitzen knurren die Schaumstoffmäuler mich an, als wollten sie mich hier im Auto gar nicht haben. Der Preis war unschlagbar, Berlin-Großlasterwünzow, neunzehn Euro, nur wusste ich nicht, dass der Fahrer auch erst neunzehn ist, dass er den Führerschein in den USA gemacht hat und damit in Deutschland bislang kaum gefahren ist, ich hatte keine Ahnung, dass wir seine Bekannte abholen würden in einem kleinen Dorf, in dem sie in einer windumtosten Enklave *Gotische Traubenkunde* studiert, eines dieser neuen Fächer, die die Partei initiiert hat, dass dieser Zwischenstopp eine Stunde dauern würde, wusste ich auch nicht, und dass er ihr danach zu jedem Lied, das im Radio läuft, irgendeine versaute, garantiert erfundene Geschichte aus seinem Liebesleben auftischen würde, habe ich nicht kommen sehen, genauso wenig, dass es ihm Spaß machen würde, Autos abzudrängen, und dass sein Scheibenwischer nur manchmal funktioniert, und den Wetterbericht hatte ich auch nicht auf dem Schirm, Platzregen, Sturmböen, Blitzeis.

Als mein Fahrer an einer kleinen Raststätte haltmacht, die sich in den Wald duckt wie die Stelle, an der das Märchen eine richtig ungute Wendung nimmt, und zu seiner Freundin *Bock auf Bockwurst?* sagt, da protestiere ich nicht einmal mehr, obwohl ich Burschis Butterbrot schon längst gegessen habe, ich liefere mich freiwillig einer weiteren Stunde mit den beiden aus und denke, dass ich immerhin noch nicht tot bin und dass das vielleicht schon mal was ist, wofür ich dankbar sein sollte und worauf ich aufbauen kann. Wir sitzen dann in einer kleinen Stube, in der es nach kaltem Rauch riecht, die Wände sind türkisfarben, und ein Schimmelfleck, groß wie drei Melonen, prangt über uns und unserem Mahl, über unserer Zitronenlimonade, den nach altem Fisch schmeckenden Pommes frites und den Luftschlangen vom letzten Karneval, die über dem Flachbildfernseher hängen.

Endlich sind wir wieder in Deutschland, sagt mein Fahrer oder mein Henker, und dann lacht die Frau, die Trauben liebt, und sagt, *Ja, noch ist Berlin echt eher Syrien oder Israel, aber das kriegt der*

Staat schon wieder hin, und dann wischt der Fahrer ihr den Senf von der Oberlippe, und sie küssen sich, ehe sie mir erzählen, dass sie nach Großlasterwünzow fahren, um einen Stammbaum-Workshop mit Jugendlichen zu leiten, die ihren eigenen Wurzeln auf die Spur kommen wollen, und dass alles nach modernsten technischen Standards passieren wird und die Daten sofort digitalisiert und abgespeichert und ausgewertet werden und sich dadurch allerhand Interessantes über das deutsche Volk und seine gesunde und ungesunde Erbmasse herausfinden lassen wird, und dass es sicherlich auch bei mir einige feine Überraschungen gäbe, blond und stattlich, wie ich nun einmal sei. Die Frau gibt mir einen bunten Flyer mit Gutscheincode, sie lädt mich herzlich ein, dabei zu sein und Freunde und Familie doch gleich mitzubringen, und den Rest der Fahrt über stelle ich mich schlafend, linse nur manchmal hinaus, der Platzregen lässt nach und draußen am Feldrand ziehen sich die Hügel wie Deiche entlang, obenauf stehen die Rehe und schauen in den Abend, Scherenschnitte vor Orange. Die Kiefern ragen in den Himmel hinein wie Pinsel, und ich nehme mir fest vor, den Führerschein zu machen, um nie, wirklich nie wieder bei solchen Themen die Klappe halten zu müssen, nur weil ich Angst habe, andernfalls irgendwo in der Brandenburger Prärie ausgesetzt zu werden. Und erst als ein Mäusebussard auf einer Stromleitung landet, zumindest glaube ich, dass es einer ist, und ich eine Sekunde lang nicht mehr voll und ganz mit meiner eignen Todesangst beschäftigt bin, weil der Fahrer sich notgedrungen an die 120-km/h-Maximalgeschwindigkeit halten muss, trifft mich die Erinnerung an Onkel Gabriel mit einer Wucht, die nicht fair ist, ich denke daran, dass er Tränen in den Augen hatte, als er entdeckt hat, dass ein Mäusebussard im Greifvogelpark nach ihm benannt wurde, und erst dann begreife ich, dass er wirklich tot ist – der Tod meines Onkels hängt plötzlich über allen schneebedeckten Brachen, über den eisigen Schollen und den tiefgefrorenen Kiefern als etwas, das auch mich betrifft. Und er reißt sein riesiges Maul auf, und er gähnt mich laut an.

Charlotte

<u>Der Himmel ist grad viel mehr H2O als Luft. Mehr Sodawasser noch als Sauerstoff. Nur ein Stück Blaugrau, Helikopterkreuzen, kalte Tropfen.</u>

Erst noch vereinzelt auf den Fensterbrettern. Dann werden sie zu einem dichten Vorhang aus Falleis. Sie lassen mich nicht raus hier, jetzt, wo ich es versucht habe, weiß ich, dass das nicht so gedacht ist. Vielleicht ist das auch nicht schlimm, ich habe nämlich genug zu durchdenken; sämtliche Pläne, die ich habe für die Zeit danach, für eine Zeit, in der meine Schwestern aus Wien und ich der Partei heimleuchten und ich Charlie eine rundum erneuerte Optimalmutter sein werde, wenn er sie denn noch haben will. Es wird jeden Morgen eine achtsame Viertelstunde bei gedämpftem Licht geben, Raum für unsere Gefühle, Wünsche, ein Getränk mit Weizengras gehört ebenfalls dazu und vielleicht auch eine kleine Massage, aber da muss ich noch schauen, wie Charlie das sieht. Seit mir eine Wärterin von Gabriels Tod berichtet hat, warte ich drauf, dass ich eine angemessene Gefühlsregung in mir entdecke, aber da ist nicht viel los. Mir ist nur eingefallen, dass der Yogalehrer uns auch vor den Gefahren der Rauhnächte gewarnt hat. *Wer nachts die Tiere sprechen hört, der stirbt im nächsten Jahr*, das hat er tatsächlich behauptet. Und nun frage ich mich natürlich, ob Onkel Gabriel sich womöglich nachts in den Urstromtälern herumgetrieben hat, den Wäldern, *Bei meinem Onkel konnte man nie wissen*, habe ich zur Regentin gesagt. Aber sie hat mich nur besorgt angesehen. Ich weiß ja, ich sollte stark und verlässlich wirken, das ist schon wichtig, wenn man den großen Umsturz plant. Die Pläne der Regentin sind gewaltig, auch wenn sie sich in unserem Gespräch kaum etwas hat anmerken lassen. Wir sind uns schon so oft begegnet, an sehr, sehr vielen Orten. Hat sie nicht auch mal das Schießtraining geleitet? Und war sie nicht die Kindergärtnerin von Charlie? *Ich staune darüber, wie lang wir uns schon kennen*, habe ich zu ihr gesagt. Aber sie ignorierte das, ihre wasserhellen Augen und ihre Gesten verrieten sie kaum. Gewiss sind auch für sie unsere Gespräche aufwühlend. Die Zöpfe hat sie sich abgeschnitten, das ist sehr schade um ihr schönes Pferdehaar. Ich kann aber verstehen, dass sie die Spuren nach Wien verwischen will. Und alle anderen. Nur der Kittel, den sie trägt, ist immer noch derselbe wie im Beisl. Die meisten meiner Vorschläge kommentiert sie mit einem angespannten *Aber wen meinen Sie e i g e n t l i c h damit?* oder *Kommt Ihnen das bekannt vor, aus Ihrer Familie vielleicht?* Ich weiß, dass sie sich tarnen will. Das ist freilich furchtbar albern, aber ich gebe ihr Zeit.

    Die Gedanken an Charlie wiederum machen mich unruhig, woher soll ich wissen, ob es aus dem Untergrund ein Zurück gibt, ob wir uns jemals wiedersehen. Er ist noch so jung ... Die Regentin hat mich genau befragt, zu meiner Kindheit, *Ich hatte eine ganz normale deutsche Kindheit*, habe ich gesagt, *was denn sonst?* Sie erkundigte sich nach meiner Arbeit, nach den Strukturen der Bürgerwehr, und ich müsste schon völlig begriffsstutzig sein, wenn ich aus diesen Fragen nicht die richtigen Schlüsse zöge. Sie prüft mich. Immer und immer wieder, sie durchleuchtet mich wie ein verschachteltes Gewölbe. Ich weiß jetzt, dass ich niemanden getötet habe, das ist schon mal was. Ich habe geschossen, aber daneben, und das alles nur, um meinen Sohn zu verteidigen – kein Grund, sich zu schämen. Auf vieles, was ich in der Vergangenheit geleistet habe, gilt es nun stolz zu sein. So deute ich zumindest das, was die Regentin sagt. Ich stell mich auf die Zehenspitzen und sehe hinunter auf die Straße, auf der ahungslose Passantinnen ihren unwichtigen Erledigungen nachgehen. Ich halte es für massiv zielführend, den Gedanken in Richtung Wien weiterzuspinnen. Warum nicht das Boot der Partei in Seenot bringen, wenn sie bei der nächsten *Flusslust*-Tour die Donau entlangfährt? Dieser Ort hier kann nur eine Zwischenstation sein, dieses Zimmer, dessen Fußboden von den vielfarbigen Schlüpfern Roxanas bedeckt ist, ist wahrlich eine Zumutung. Aber ich verstehe schon: Sie wollen mich brechen, damit ich mich dann neu erfinde.

Dennoch sind mir die Hände gebunden, zwischendurch sogar buchstäblich. Aber an diese ersten Stunden denke ich nur ungern zurück, es muss ein Versehen gewesen sein, dass man mich fixiert hat.

Ich bin auch sicher, Jakob wäre dabei. War er nicht immer für Krawall zu haben? Einmal hatten wir uns nachts um zwei an eine Straßenkreuzung geschlichen und zugesehen, wie die Polizei sich einer Horde von Demonstrierenden entgegenstellte, marsmenschengleich überschritten sie im milchigen Licht der Straßenbeleuchtung mit ihren Helmen und Uniformen sämtliche Markierungen auf dem Asphalt, lautlos, unheimlich, wie nicht ganz aus der Welt, und ehe der erste Schlagstock fiel, die erste Straßenlampe ausgeschossen wurde, waren wir schon wieder fort. Ich hatte es mit der Angst zu tun bekommen, erst in einer düsteren Nebenstraße blieben wir stehen; Jakob hielt mir das tagelang vor. Aber jetzt ist alles anders. Ich habe ein schlagkräftiges Team an meiner Seite, ein ganzes Bataillon dubioser Kämpferinnen.

Die Regentin hat mir auch angeraten, mich an die Realität zu halten, mich nicht zu vergaloppieren in wilden Phantasmen. Das war der Moment, in dem ich sie sehr pfiffig fand: *Sie Schlitzohr*, habe ich gesagt, *das tue ich doch, nun lassen Sie doch das alberne Versteckspiel!* Woraufhin sie mir wieder einmal nichts als einen allwissenden, irgendwie apathischen Blick schenkte und sich etwas notierte, natürlich.

Manchmal überfordert selbst mich die Verantwortung. Die Offensichtlichkeit der Aufgaben, die sich mir nun stellen. Wie Schuppen stürzt es mir von den Augen hinab, wenn mir klar wird, dass alles, mein Leben mit Jakob, meine bewegte Nacht in Wien und meine Arbeit bei der Bürgerwehr mich hierhergeführt hat, in die Arme der Regentin. Stück für Stück ergibt Sinn, was mir immer wie ein beinahe obszön chaotisches Strudeln und Schlingern erschienen ist: mein Leben eben. Ich hatte mich redlich darum bemüht, es irgendwie im Griff zu behalten, aussichtslos. Aber selbst die allererste Begegnung mit Jakob, wie er da in seinem Staubmantel vor der Ruprechtskirche stand, die wütenden schwarzen Äuglein über dem Kragen, halb verborgen von den Nebelschlieren, frühmorgendlich und kniehoch, halshoch, eine Zigarette im Mund und die Arme dicht am Körper, selbst das sollte so sein, und wie ich da das Gefühl hatte, dass er mich an jeder Haarwurzel einzeln zu sich hinüberzieht, auf Gedeih und Verderb. Dass Jakob mich mitgenommen hat in seine Wohnung dort im Randgebiet der Stadt, wo es ganz hüglig wurde und grün, durch einen Tag, der mittlerweile glasklar und eiskalt geworden war, das Treppenhaus hochstieg mit diesen Schritten, so laut, als wollte er die ganze Welt auf sich aufmerksam machen; wie wir hineinstiefelten in einen Raum, in dem das Sonnenlicht waagerecht stand und sich vermischte mit den hellen, halb elektrischen Tönen aus dem Plattenspieler, dass wir da saßen und etwas Klares, Starkes aus Emaillebechern tranken und uns alsbald seltsam schwebend zumute war und dass aus diesem schwebenden Gefühl ein Kind entstand. Ein Charlie Venus. Das sollte so sein.

Und es ist logisch, dass Jakob auf dem Belüftungsschiff arbeitete, das die Kanäle abfuhr und mit Sauerstoff bepumpte; dass Jakob im Winter auf den Räumungsschiffen aushalf, die den Grund abtasteten nach Unrat, nach Tresoren, Föhnen, Fahrrädern, Leichen. Denn sein Beruf wird nützlich sein, wenn die Regentin und ich und alle anderen es wahr machen und das Schiff der Partei einfach kentern lassen, all seine Skills, sein Know-how. Und es ist sogar einleuchtend, denke ich, wobei mich ein seltsames Zucken packt, das meinen Kopf hin und her wirft, es ist sogar logisch, dass Jakob Charlie verleugnet hat und nicht wollte und dass er das nur nach außen hin getan hat, um unsere Verbindung zu verbergen; niemand wird irgendetwas ahnen. Und dass wir dann später beisammen sein werden, in einem großen Garten, über dem die Greifvögel kreisen, umgeben von Treibgut und verrostetem Gerümpel, der Garten läge direkt am Kanal, denke ich, wir hätten eine Anlegestelle mit blauer Leiter und Holzpflock und beobachteten die Kähne, die Tag und Nacht an uns vorbeizögen und mit Salzbergen beladen wären oder mit Maschinengewehren, aber wir müssten nicht aufsteigen, wir blieben einfach da; wir dürften einfach bleiben.

Ich seufze laut auf. *Alles, was dir so widerfahren ist, Charlotte*, sage ich bebend zu mir selbst und schlinge die Arme um mich herum, *all das war zielführend*.

Roxana tritt hinter mich, sie klatscht mir fest auf meinen

Po, als sie mich da stehen sieht, so bescheiden und demütig und irgendwie erweckt und in mich selbst versunken. Von der Erkenntnis, dass Roxana nur deswegen einen auf ballaballa macht, auf *gaga*, damit die Politik sie nicht als Bedrohung wahrnimmt, steigen mir die Tränen in die Augen. So machen wir es ja alle, denke ich. So machen wir es doch alle.

Das Zucken verebbt nicht, und ich lege mich ab auf dem Bett. Jemand kommt zur Tür herein und gibt mir eine Spritze, aber ich weiß, was ich zu tun habe. All meine Fingerspitzen weisen schon gen Remmidemmi. Proben den Aufstand.

Charlie

<u>Da, wo Liese wohnt, sind die Straßen schmal und krumm. Die Häuser sind niedrig und viele von ihnen leer, die Fenster staubgelb, und in den Vorgärten wächst nur, was ohne Liebe und mit viel Kontinentalwind</u>

gedeiht. Es wächst, was wachsen darf und was wachsen soll, was nicht zu bunt ist und nicht zu extravagant. Liese hat nichts gepflanzt, weil sie nicht glaubt, dass sie noch lang genug leben wird, um von den Mühen profitieren zu können. Die Blüten sind klein und knubbelig und hart. Sie sind bescheiden und zäh. Und Lieses Körper ist eine Fabrik, die nur noch gewartet wird, damit sie nicht in sich zusammenstürzt.

Und trotzdem ist Gabriel vor mir gestorben, sagt Tante Liese und zieht ihre Tunika nach unten, sodass sie spannt über den Brüsten, über dem Bauch, *dabei war er doch zäh wie ein Wanderfalke, hat seine Bahnen im Freibad Altenow gezogen und ist immer noch Bogenschießen gegangen, und was soll ich denn hier ganz allein mit all den Tiefkühlwindbeuteln in meinem Keller*, und Liese schluchzt und spült mir eine salzige Packung in mein Ohr, sie zatscht und heult und mir schlackern die Ohrmuscheln.

Jetzt bin ich ja da, sage ich, *ich esse sicherlich ein paar*, und sie sieht mich an aus ihren kleinen, ganz zerdrückten Äuglein in ihrem roten Ledergesicht und streichelt über meinen Kopf und sagt, *Jaja, Karlchen, du warst schon immer ein ganz ein Lieber*. Das hat Charlotte auch immer gesagt, aber lieb hin oder her, ich würde alles tun, um die Wasserwerke in Lieses Augen zum Versiegen zu bringen, zumindest ganz kurz, ein paar Atemzüge lang, nur so zum Ankommen. Wir steigen die Stufen hinauf, alles ist voller Tränenflüssigkeit, auch meine Kehle, dabei bin ich erst zehn Minuten hier, und es ist nun wirklich nicht so, dass ich ein gänzlich unambivalentes Verhältnis zu meinem Großonkel gehabt hätte, ganz und gar nicht, seine Begeisterung für die Partei und seine Vorliebe für alles, was waldig und haarig und stählern war, haben es stark erschwert, ihn gern zu haben, aber heute ist Onkel irgendwie Onkel, und tot ist tot, *Das ist alles ganz schön schwierig*, sage ich zu Liese, und sie nickt.

Im Flur stolpern wir über die weiße Discounterwolle, die sich von Raum zu Raum spannt, Tante Liese strickt sich durch den Tag, sie strickt das Maskottchen ihres Dorfs, eine dicke Kuh mit rostroten Wimpern, sie strickt Trickfiguren aus dem Fernsehen, die Wolle spannt sich von den Pfosten des bärbeißigen Ehebetts, auf dem die Frotteebettwäsche mit dem Frotteebettlaken verschmilzt, über die Blasen werfenden Schokonikoläuse auf dem Fensterbrett bis hin zur Arbeitsfläche in der Küche, auf der die Orangenmarmelade zu Gesichtern vertrocknet ist, zu meinem, zu Gabriels und zu Charlottes, *Liese*, frage ich da, *wie lange ist er schon tot? Und wie? Wie ist er denn gestorben?*

Tante Liese setzt sich auf das Sofa, über das der giftgrüne Strücküberwurf mit Troddeln gebreitet ist, aus dem Gabriel mir immer ein Zelt zwischen den Sesseln gebaut hat, als ich ein Kind war, und sie sagt, *Seit ein paar Tagen schon, und wie ist er gestorben, zwei östliche Kaiseradler haben sich losgerissen im Greifvogelpark, die Fußketten waren lose, die Mistviecher frustriert und passiv-aggressiv ...*

Liese schüttelt sich und aus ihren Augen laufen neue Tränen, sie rühren aus dem Staub und aus den Hundehaaren auf dem Boden einen Film, an dem jeder Schuh zwangsläufig kleben bleiben muss, auch meine, sie weint und weint und weint und aus ihren Augenwinkeln tropft es dem Hund in die Schnauze, und er fängt die Tränen und schluckt und wirft sich auf den Rücken und reckt dann die hellroten Zitzen in die Luft. Ich merke, wie mir ein bisschen ungut wird, und dann weine ich plötzlich auch, ich kann gar nicht anders, und Liese erzählt, wo Gabriel vergraben wurde und warum so schnell, nämlich wegen seines relativ zerhackten Zustands, den man auf dem Foto zum Glück nicht so genau erkennen konnte, und dass der Pfarrer sich geweigert hat, *Die Wipfel stolz im Lindenhain* zu singen, obwohl Gabriel das bestimmt gefreut hätte, hätte er noch gelebt, dass ihn das wahrscheinlich sogar so richtig gerührt hätte, und dass sie nicht versteht, warum Charlotte nicht hier ist, so als einzige Ziehtochter, warum sie so undankbar ist, und dann will sie wissen, ob ich hierbleiben werde und ob ich ihr denn böse sei, weil sie mir nicht rechtzeitig zur Beerdigung Bescheid gegeben hat. In der Zimmerecke steht Gabriels Ziehwägelchen, halb aufgeklappt, als würde er gerade etwas darin suchen, seinen Kompass oder seinen Schrittezähler oder eine Packung Russischbrot, und da heule ich noch mehr und trage dazu bei, dass das Klima in der Wohnung trüb bleibt und feucht. Und ich weiß ja, es ist Zeit, ihr alles über Silvester zu erzählen, reinen Tisch zu machen, auch wenn das hier kaum möglich ist, denn auf dem Tisch liegt noch eine alte Decke, auf die Weihnachtskugeln gedruckt sind, und das Wachs läuft kreuz und quer und der Hund springt zu mir, er drückt mir seine Schnauze in den Schritt und Liese sagt, *Die mag dich halt gern*, und ich streichle notgedrungen das erwiesenermaßen reinrassige, teefarbene Fell und sage, Charlotte hat auf eine Frau geschossen, sie haben sie vorerst in die Psychiatrie gebracht, und was passieren wird, ist unklar.

Burschi

<u>Vor mir befindet sich eine Kommission des Ministeriums für Volksgesundheit. Ein Mann und eine Frau. Und die Wände um uns herum sind gläsern, wir sitzen in einer Kabine, und nebenan sehe ich jeweils weitere Kommissionen, die auf weitere Bürgerinnen und Bürger einreden, die auf die ein oder andere Art vom rechten Wege abgekommen sind.</u>

Wir hängen auf Sitzsäcken, und sie sind bunt, mit jedem Wort verrutsche ich nach hinten oder vorn oder halb schräg zur Seite; ich kann und kann mich nicht gerade halten. Die Frau lächelt mich ab und zu an, sie trägt ein helles Wickelkleid und hat sich das Haar mit einer goldenen Spange aus der Stirn geklammert – sie sagt aber nicht viel. *Unsere Linda temperiert hier bloß die Stimmung*, sagt der Mann.

Er hat ein weiches Gesicht, fast wie ein eingedrückter Joghurtbecher. Seine Stimme hat etwas von Cord, dubios und halb gegen den Strich. Gleich zu Beginn hat er mir einen Flyer gereicht, um mich auf die Kundgebung aufmerksam zu machen, von der ich längst weiß.

Nun spricht er ruhig und langsam auf mich ein, seit einer Stunde schon. Das Licht scheint gelb auf seinen Scheitel. Ich würde ihn auch verstehen, wenn er schneller sprechen und komplexere Sätze verwenden würde. Aber ich verstehe schon. Er möchte mich an seinem Blitzverstand teilhaben lassen, mir ein großes Stück abgeben, an dem ich mich dann später laben kann. Genau wie an den Büchern, die er geschrieben hat und mir nun sehr ans Herz legt. *Sie sind doch eine attraktive Frau, befindet er, da lässt sich doch was machen. Vielleicht* – er überlegt – *ist es auch einfach Ihre Angst vor einer wirklichen Beziehung. Eine Bindungsstörung quasi.* Und dann erklärt er mir meine eigenen Gefühle, die falsch sind, ungesund, er erklärt mir, was ich eigentlich fühle, fühlen sollte, und wie es so weit kommen konnte, Eltern, Kindheit, Mangel an Vorbildern, einer strengen Hand, und weshalb er das alles nur gut meint, natürlich. Ich lasse seinen Monolog um meine Ohren wehen wie U-Bahn-Wind. Das Rauschen eines unwichtigen Bächleins. Ein Rinnsal nahezu. Ich betrachte die weichgezeichneten Fotos an der Wand, glückliche Paare, kochender- und swingtanzenderweise, die Frau stets einen halben Kochtopf kleiner als der Mann. Dicke Kleinkinder, die sich an ihre Mütter schmiegen. Hügellandschaften, lächelnde Rehe.

Der Vorfall in dem U-Bahn-Schacht war sicherlich sehr unangenehm für Sie, meint er jetzt, *aber Sie haben ihn ja gewissermaßen provoziert mit Ihrer Andersartigkeit. Die involvierte Präzisionsschützin ist für ihre Besonnenheit und Hingabe an ihren Beruf hinreichend bekannt …*

Und ich starre ihn so an, weil das, was er sagt, so verdreht ist. So quer verstrickt und hundsgemein.

Der Mann nickt Linda zu, und sie nickt ebenfalls und sagt, *Ich würde Ihnen gern eine Empfehlung aussprechen.* Der Mann räuspert sich, es ist mehr als eine Empfehlung, schon klar. *Es gibt da einen Arbeitseinsatz beim Brandenburger Apfelquetschfest, eine gute deutsche Tradition, die jeden Januar begangen wird und bei der man ganz rasch auf andere Gedanken kommt. Sie werden dort –*

Aber da läutet mein Telefon, und mit einem Mal wirbelt es

Trollblumen durch meinen Kopf, ich weiß auch nicht, warum. Und ich hebe ab, auch wenn das vielleicht kein kluger Schachzug ist – es ist egal.

Da ist so eine Frau gekommen, ruft mir die Barbara ins Ohr, *ist durch die Hintertüre hereingeflogen und hat Klimmzüge am Kronleuchter gemacht. Dann ist sie wieder weg, sie wollte Richtung Kundgebung, hat sie gemeint. Was ist denn jetzt, gehen wir um vier zu dieser Brückensache hin? Treff ma uns da?*

Und jetzt geht es in meinem Kopf so richtig los. Bergseen schwappen ineinander, ich rase auf einem Schlitten einen steilen Hang hinab, im Schuss, immer schneller, und hinter mir sitzt der Teufel, er johlt und er spuckt in den Schnee und zündet Wunderkerzen an. Denn dieser Tag ist nicht wie jeder andere, das wissen wir beide.

Ich rufe irgendetwas halb Umnachtetes, etwas wie *Hosianna!* und *Ja, eh klar, wir treffen uns am Pfeiler!*, und dann springe ich auf, denn jetzt ist wirklich, wirklich Schluss. *Ich muss zur Kundgebung!*, das rufe ich, und es ist nicht mal ganz gelogen. Linda sieht nervös zu ihrem Vorgesetzten, aber er merkt das gar nicht. Sein Blick ruht selig auf den eigenen Händen, die er beschreibend durch die Luft wirft. Er ist sich selbst genug. Ich nicht. Ich werfe meinen Parka über und. Ich renne.

Charlotte

<u>Gefahr ist im Verzug. Oder zumindest eine Umwälzung. Die Fensterscheiben beben, es rauscht ein wilder Zug vorbei. Die Wilde Jagd, schon wieder. Es drückt die Scheiben aus dem Rahmen.</u>

Vornweg läuft die Regentin, sie schlägt das Tamburin. Ihr Pferdehaar ist starr wie Wachs, ihre Miene ist die einer Diktatorin, freundlich, aber gefasst – oh, so gefasst. Sie schlägt das Tamburin mit einer Vehemenz. Manche Frauen fliegen. Sie brauchen den Boden nicht. Ein paar der Frauen tragen keine Schuhe. Sie brauchen die Schuhe nicht, weil sie Hufe haben unter der Uniform, Geißfüße, Himmelstreter.

Und ich bin froh, dass ich das alles mitbekomme, obwohl es noch hellichter Tag ist. Ein Rauschen ist ausgebrochen über den Dächern. Ich habe lang gewartet, stundenlang, auf irgendein Zeichen, in Form eines Zwinkerns, einer Discountwerbung oder einer Nachricht via Drohne. Hatte mich bereits gewaschen und beduftet, weil man nie wissen kann. Man kann nie wissen, wann. Aber jetzt ist der Moment gekommen. Ich verlasse mein Zimmer; ich gehe hinaus in diesen absurden Flur, in dem es aussieht wie im Irrenhaus.

Pfiffig gebe ich vor, Hunger zu haben. *Herrgott, habe ich viel-*

leicht einen Hunger!, sage ich zu der Wärterin, die mir die Schälchen mit meinen Tabletten füllt. Sie achtet auf die Farbkombination, das weiß ich sehr zu schätzen. Viel rosa, blaue Einsprengsel. Natürlich schlucke ich sie nie, ich bin ja nicht von vorvorgestern. Nun krame ich in meinen Taschen. *Aha, es reicht gerade noch für einen Snack!*, rufe ich und gehe Richtung Automat. Die Frau ignoriert mich, einen geistreichen Kommentar habe ich auch nicht erwartet. Ihr Heimatroman fällt mit einem Klatschen zu Boden, seufzend bückt sie sich hinab. Und als sie hinter dem Tresen verschwunden ist, nur noch ihr Dutt zu sehen ist, da türme ich. Ich bin sehr leise und sehr flugs, das Pirschtraining – es hat sich ausgezahlt.

Charlie

<u>Die Leute aus der Psychiatrie haben mich angerufen, gerade als ich im Regionalzug weggenickt war,</u>

haben mich herausgeklingelt aus einem zähen Traum, die Psychologin war am Telefon, meinte, Charlotte habe sich davongestohlen, man habe das, zugegebenermaßen, recht spät bemerkt, sich dann aber entschieden, nichts dagegen zu tun, eine Psychiatrie sei ja kein Gefängnis, auch heute nicht, und überhaupt habe es Anweisungen von denen da oben gegeben, Charlotte in einem ärztlichen Gutachten zu attestieren, dass mit ihren Hirnwindungen doch alles in Ordnung sei. Geisteskranke Scharfschützinnen würden sich in der Imagekampagne der Bürgerwehr nicht ganz so gut machen, man habe es also für das Beste gehalten, sie einfach gehen zu lassen. Solange sie keine Waffe in der Hand halte, sei sie ja eigentlich ganz friedlich, und gebrauchen könne der Staat derartige Mitbürger ohnehin nicht, je weniger man von ihnen belastet werde, desto besser, aber bald würden solcherlei Staatsangehörige ja ohnehin der Vergangenheit angehören, dem Parteiprogramm sei Dank. Und ich habe ihren Sermon unterbrochen, *Ja, aber wo ist sie jetzt?*, habe ich so laut gerufen, dass meiner Sitznachbarin glatt das Radieschen aus dem Mund gefallen ist, und daraufhin sagte die Frau ganz entschieden, *Das kann ich Ihnen leider nicht sagen, aber keine Sorge, sie ist wunderbar eingestellt, die Medikamente haben sie prima runtergelevelt*, und ich weiß nicht, ob ich dieser Frau trauen soll, denn ich bin mir eigentlich ziemlich sicher, dass Charlotte die Medikamente nicht geschluckt hat, sie hat eine richtige Phobie, was Tabletten angeht. *Ich ersticke!*, hat sie selbst bei dem Versuch, eine halbe Schmerztablette runterzuwürgen, gerufen, *Die Tablette hängt in meiner Luftröhre fest!*, und dann musste ich rhythmisch auf ihre Halswirbel klopfen, bis sie sich beruhigt hatte.

Wir legen auf, der Rest der Fahrt vergeht zäh, die brandenburgische Landschaft schleift am Fenster vorbei, Krähen zerpicken die Reste einer Igelfamilie, gefrorene Erde türmt sich zu Hügeln, ist zu steinharten Kratern gefroren, und ich habe die Musik von Pseudoluchs im Ohr, sie singt von Dingen, die sich im Dunkel bewegen, die verborgen sind und glänzen und dennoch ihre Wirkung tun. Später trägt mich die Musik dann aus dem Zug und durch den Bahnhof, wo alles strömt und durcheinanderstolpert, Demonstrantinnen, Bürgerwehr, und überall Absperrungen und Stau auf den Straßen, denn jetzt, wo die Größen der Partei von überallher anreisen, aus dem Muldental, dem Frankenland, dem Taunusgebirge und sämtlichen Städten, sind die Sicherheitsvorkehrungen hoch.

Immer wieder wähle ich sinnlos Charlottes Rufnummer, aber sie hebt nicht ab, denn natürlich hat sie ihr Telefon gar nicht bei sich, und auch das Netz scheint zu bröckeln, jetzt, wo sich hier alles zusammenballt.

In zwei Stunden treffe ich Pseudoluchs an der Brücke, aber vorher muss ich dringend heim, um das Gepäck loszuwerden, die gefrorenen Windbeutel von Tante Liese, den Geruch ihres Hundes, meine Hosen, die immer noch ganz klebrig sind von all den Tränen.

Als ich dann endlich, endlich unsere Wohnungstür aufsperre, meine Füße aus den Schuhen würge und in Gedanken schon längst wieder draußen bin, gar nicht richtig da, hör ich ein Scharren in der Wohnung, ein leises Murmeln oder Fluchen, hektische Schrittchen. Und schon schaut ein Kopf um die Ecke, und zwei Augen werden aufgerissen, die Türkissteine an ihren Ohren schlagen hin und her, dann weicht Charlotte zurück, winkt mich zu sich, sagt, *Stell dich hierhin, dann sehen sie uns nicht*, ich frage, *Wer denn?* – *Die Nachbarn doch, die Nachbarn.* Und ich versuche, ihr die frohe Botschaft zu überbringen, nämlich *Alles in Ordnung, es ist in Ordnung, dass du raus bist.* Aber davon will Charlotte nichts hören, *Die suchen mich*, meint sie, *ich habe Seife geklaut und mich davongestohlen. Wo soll ich nur hin? Denkst du, die Tonne wäre ein guter Ort?* Und ich stelle mir vor, was Toni dazu sagen würde, wenn meine Mutter da in seinem Schuppen hockt, und gleichzeitig drängt ja die Zeit, was kann schon passieren, wenn meine Mutter ein, zwei Stunden dort verbringen würde, eigentlich nichts, obwohl Tonis Mutter nicht so gut auf sie zu sprechen ist, seit sie ihm als Kind mal einen Backenzahn gezogen hat mit dem Argument, der wäre eh fast rausgefallen, was gar nicht stimmte. Aber ich schreibe ihm und sage, ich bräuchte einen Ort zum Abhängen, und er meint, *Klar, gar kein Thema, wir sind gerade sowieso im Urlaub. Du weißt ja, wo der Schlüssel ist.* Und dann setzen wir uns erst einmal hin, Charlotte trinkt einen ayurvedischen Gewürztee, ich einen Kaffee, ich setze ihr eine Mistelspritze, woraufhin sie sich streckt und meint, sie fühle sich sofort belebt und viel stärker, und dass ihr das in den vergangenen Tagen wirklich gefehlt habe. Dann fragt sie mich, wie es mir ergangen sei, und ich sie, und sie erzählt Geschichten, die verworren sind, doch nicht unbedingt bedenklich, nicht so, als könnte man sie nicht ganz kurz alleine lassen, zumindest rede ich mir das ein. Wir packen zusammen ihre Tasche, sie legt Wert auf warme Kleidung, eine Thermoskanne, ein Buch über Reinkarnation, und ich denke, auwei, aber ich packe es ein, *Bier gibt es dort sowieso*, beruhige ich sie, *und eine kleine Lampe auch, bist du dir wirklich sicher, dass du dich verstecken willst?*

Und Charlotte lacht etwas beunruhigend und sagt, *Hast du eine Ahnung, zu schade, dass ich dir noch nicht sagen kann, worum es geht. Wollen wir ein Brettspiel mitnehmen?* Und dann muss ich ihr erklären, dass ich nicht dabei sein werde, noch einmal los muss, und Charlotte stellt ihre Teetasse ab, steht auf, macht Dehnübungen, und spricht einfach weiter, sie tut so, als hätte ich nichts gesagt. Dann erkundigt sie sich, wo denn die Schlafsäcke sind, meiner und ihrer, ein Sonderangebot von vor zwei Jahren, und ich beschließe, einfach mitzuspielen, sie einfach in der Tonne abzusetzen, und sie dort später zu besuchen. Ich höre da auf eine Eingebung, die sagt, Charlottes Psyche ist gerade ziemlich wacklig, es gilt, sich ausnahmsweise einzulassen auf den Film, in dem sie sich befindet; und meine Eingebung sagt auch, ruf nicht noch mal in dieser Klinik an, lass Charlotte einfach machen, solange alles friedlich ist. Mir fällt das Straßenmusikerequipment ein, das ganz vergessen in der Ecke steht; eine Thermoskanne ist auf jeden Fall drin, und vielleicht kann Charlotte auch den restlichen Kram im Schuppen gebrauchen, irgendwie. *Aber zwischendurch muss ich weg*, sage ich noch mal, *Charlotte, das steht fest.* Und obwohl sie mich kreuzunglücklich ansieht, enttäuscht, voller Vorwurf, und sogar den Beginn einer Panikattacke vortäuscht, bleib ich bei meinem Plan.

Burschi

<u>Die Barbara hat ein Schild gebastelt, hat es beglittert und darauf geschrieben *Bayerinnen gegen Frauenfeinde*.</u>

Ich habe ihr gesagt, dass das Ärger geben wird, und dass sie das Schild mal schön verstecken soll, bis unser Tanz begonnen hat, aber sie hat gemeint, die Aussage sei doch gar nicht eindeutig. Wisse doch keiner, wer gemeint sei. Und dann lass ich sie, denn dass sie mitmacht, ist eh sensationell.

Ein Auto fährt vor uns hin, ein Lkw mit schweren Reifen. Kurz frage ich mich, wieso sie die Brücke gar nicht abgeriegelt haben, wo doch der Rest der Stadt nahezu vollständig lahmgelegt wurde, um zu vermeiden, dass die Demonstrierenden den Leuten der Partei zu nahe kommen können. Kurz beschleicht mich ein ungutes Gefühl, wie eine Ahnung. Aber die Barbara schaut mich jetzt ganz euphorisch an, und in diesem Moment rollen sie die hintere Plane des Lkw hoch, und die Rapperin, die Charlie Venus so verehrt, fängt an zu singen. Wie verabredet beginnen wir uns alle zu bewegen, versuchen uns beim Tanzen einigermaßen an die Abmachungen zu halten, über die die Barbara natürlich bestens informiert ist. Wir springen im Kreuzschritt von Geländer zu Geländer, drehen uns ansatzweise gleichzeitig, reißen die Arme in die Luft. Wenn wir mit unseren

Ellbogen jemanden versehentlich erwischen, dann lachen wir bloß. Und natürlich schaue ich permanent nach der Johanna, ich drehe den Kopf in alle Richtungen, aber nichts ist zu sehen. Charlie Venus verschiebt den Regler und schraubt den Ton noch mal hoch, Pseudoluchs brüllt in das Mikrofon, von Gesetzen und Grundrechten und den schlimmen Haarschnitten der Partei. Sie trägt eine Maske, aber dennoch: Zefix, ist das gefährlich! *Ist die denn übergeschnappt?*, fragt mich die Barbara, *Das kann doch niemals gut gehen*, und ich beiße mir Fetzen um Fetzen von der Unterlippe, nein, wird es auch nicht, das fürchte ich auch. Ich schaue gerade zu den Flößen unten auf dem Fluss, die langsam Richtung Brücke treiben, eine ganze Armada von Protestlern mit bunten Flaggen, dicht hintereinander, als plötzlich eine sturzflutartige Bewegung durch die Menge auf der Brücke geht. Ein fester Ruck. Die Menschen beginnen zu rennen. Immer schneller. Ich dreh mich um und sehe die Bürgerwehr, die sich mit Schlagstöcken durch die Leute drischt, die drischt, was sie kriegen kann, Tränengas sprüht, durch die Menschen prescht, wer zu Boden fällt, fällt, die Bürgerwehr rennt drüber, sie rennen hintereinander her mit erhobenen Schlagstöcken, wie in einer Zirkusnummer. *Renn!*, ruf ich der Barbara zu. Und irgendwer beginnt zu klatschen und *Hopp! Hopp! Hopp!* zu rufen, da packen ihn zwei Bürgerwehrlerinnen, sie schieben ihn auf das Geländer der Brücke zu, sie drängen ihn über das Geländer. Sie werfen ihn in den eisig kalten Fluss, und ich renne dazu und sehe nur, wie zwei Leute ihn auf ein Floß ziehen, wie der Mann da steht, klatschnass und zitternd. Jemand stößt mich weg, so fest, dass eine Seite an mir völlig taub wird. Das Streifschussbein schmerzt jetzt ganz furchtbar, aber da ist auch schon die Barbara, und sie hält mich fest und schreit, *Geht es, Elisa?* Und jetzt beginnen die Bürgerwehrler wahllos Menschen festzunehmen, sie laufen ihnen gradewegs in ihre Arme: Das hier ist die perfekte Falle. Warum haben wir das nicht gleich kapiert? Sind wir denn selbst ein bisschen deppert? Die Bürgerwehrler drehen den Demonstrierenden routiniert die Arme auf den Rücken, sie führen sie ab, sie pflücken sie aus der Menge wie fette Trauben.

Aber die Barbara bleibt patent. Sie wirft ihr Plakat in den Fluss, hakt sich unter bei mir. Wir ziehen einen Mann vom Boden hoch, sein Mund blutet, sie haben ihm die Schneidezähne ausgeschlagen, und ich hake auch ihn unter, und dann gehen wir weiter. Die Barbara schaut so unbeteiligt, und so gscheit, halt so, als dürfte keiner sie jetzt stoppen. Und deshalb tut's tatsächlich keiner, auch nicht die Bürgerwehrler, die jetzt auf ihren Motorrädern herbeigefahren kommen. Und ich tue es ihr nach, und dann stolpern wir weiter, wohl wissend, dass sie uns ohnehin registriert haben, fotografiert und abgespeichert, und dass wir nur mit sehr viel Glück durch alle Maschen rutschen werden.

Charlie

<u>Alles läuft gut, eigentlich sogar sehr, Pseudoluchs brüllt ins Mikrofon, die Leute auf der Brücke brüllen auch, es sind viele, so viele, dass ich mich sicher fühle, als könnte hier nichts Schlimmes geschehen, als könnten wir uns alle gegenseitig verstecken und sogar beschützen.</u>

Aber dann, ganz plötzlich, keilt sich eine fremde, eine aggressive Bewegung durch die Menge. Zwei Motorräder rasen durch die Menschen, einfach so, sie schauen gar nicht, wo sie langfahren, wer kann, springt beiseite, manche stürzen. Von den Motorrädern steigt die Bürgerwehr, uniformiert bis hoch ans Kinn, und Pseudoluchs sieht mich an und sagt *Verdammt.*

Die Bürgerwehrler springen auf den Wagen, einer drückt ihr seine MP7 an die Brust, dank der Waffenkundestunden mit Charlotte erkenne ich das gerade so, er reißt ihr die Maske weg, und ihr Gesicht dahinter sieht ganz nackt aus, gefährdet und bloß, und ich falle in eine Starre. Ich kann gar nichts mehr machen. Pseudoluchs schreit mich an, sie ruft, *Wie kommst du denn hier auf diesen Wagen, wieso bist du nicht in der Schule? Runter mit dir hier, du Idiot!*, und der Bürgerwehrler sieht mich unsicher an, er sieht einen stämmigen Jungen, eine unschuldige Milchtüte eben, und kurz scheint es zu funktionieren, er scheint zu glauben, dass ich hier gar nicht wirklich hergehöre, er nickt schon mehr oder weniger väterlich und sagt, *Nun aber husch, husch ab mit dir, das hier ist gar nicht gut für deinen Lebenslauf!*, aber ich bin nicht schnell genug, zu stark verlangsamt, die Gelenke gehorchen nicht gut und die Beine. Da winkt er schon seine Kollegin heran, und verdammt noch mal, das ist niemand anderes als die praktische Moni, und die praktische Moni wirkt gerade gar nicht so, als wollte sie mit mir Knallbonbons öffnen oder mich aus dieser Situation befreien, nein, sie sieht ihren Kollegen an und sagt, *Das ist der Sohn von der Charlotte Venus. Ich kenne den.* Klingt gar nicht gut, wie sie das sagt, wie sie den Namen ihrer ehemaligen Freundin ausspricht, die sie in jener Silvesternacht, wie man längst in allen Zeitungen lesen konnte, niedergeknüppelt hat mit dem eignen Gewehr.

Jetzt sieht der Bürgerwehrler noch unentschlossener aus. Moni dreht sich zu mir, ihre Locken sitzen fest wie Murmeln, ihr Gesicht macht keine Umwege, und ich sage, *Hey, Moni, können wir da nicht was machen, lasst sie doch gehen, sie tut doch gar nichts, sie sagt nur, was sie denkt, sie macht doch nur Musik, weißt du nicht mehr, sogar du hast Silvester mal zu ihren Songs getanzt, du hast doch sogar mitgesungen*, und Moni wird ganz erbsgrün im Gesicht und sagt, *Karl, du bist jetzt sofort still und kooperierst, sonst wird das böse enden.*

Tut es das nicht längst, frage ich mich, ich habe eine blöde, erbärmliche Angst, und ich denke an Charlotte im Schuppen, an den Wind, der durch die Ritzen pfeift, und daran, dass niemand ihr Bescheid geben kann, wo ich bin und was passiert ist, wenn die mich jetzt mitnehmen. Bestimmt würde sie durchdrehen. Und ich sowieso.

Der Bürgerwehrler hält mir ein Gerät entgegen, ich hinterlasse meine Fingerabdrücke, und dann macht der Mann irgendeinen undurchschaubaren Move, er dreht mir den Arm auf den

Rücken, fixiert ihn, und als ich *Aua* schreie, sagt Moni, *Karl, reiß dich zusammen und beweise, dass du dich besser im Griff hast als deine Mutter. Ich bitte dich.* Ich habe mir doch immer gedacht, dass diese Frau nicht ganz dicht ist, nicht so solide, wie sie tut, aber das hilft mir jetzt auch nichts, Moni übernimmt meinen verdrehten Arm und schiebt mich vor sich her wie ein störrisches Rind. Sie schubst und sagt *Na, na, na, wird's bald,* und dann klettern wir die Laderampe hinunter, ein wirres Knäuel, während ihr Kollege sich um Pseudoluchs kümmert. Die sagt die ganze Zeit, *Der Kleine hat nichts damit zu tun, ich habe ihn zu mir hochgerufen, der weiß doch gar nicht, worum es hier geht,* und ich räuspere mich und sage, *Das ist Quatsch, ich war dabei. Genauso wie sie.* Und Pseudoluchs seufzt einmal laut auf, aber jetzt ist es raus, und Moni sagt, *Dacht ich's mir doch!,* und boxt mich noch ein bisschen fester vor sich her. Wir laufen die betonierte Promenade am Kanal entlang zum Einsatzwagen, alle vier, während eiskalte, nadelfeine Tropfen aus dem quecksilbernen Himmel auf uns niederfallen. Mir ist schlecht, und ich merke, meine Knie, die halten nicht mehr, die klappen gleich ein. *Wie lange wird das etwa dauern?,* frage ich Moni und ihren Kollegen, aber die sagen nur, *Denkst du, wir sind hier, um deine dummen Fragen zu beantworten? Nun halte deinen Rand.* Und auf dem Wasser gleitet ein Polizeiboot vorbei, das Wasser schlägt gegen die Böschung, und drin in der Kajüte sitzen sie dicht gedrängt und behaglich, auf dem Weg zu den nächsten Festnahmen: Die Polizei will der Bürgerwehr nachstehen in nichts. Ich sehe hinüber zu Pseudoluchs, es würde mich trösten, wenn sie auch schauen würde, nur so ein kurzer Blick, der mir sagt, dass sie so etwas schon hundertmal erlebt hat und dass alles nicht so schlimm wird. Aber sie starrt nur zu Boden, während hoch am Himmel Helikopter pendeln. Kein Blick, kein Blinzeln, nix.

Burschi

<u>Die Marktstände auf dem Anita-Augspurg-Platz sind weg, der Obststand, die Händlerinnen, die Strömungen und Wirbel, die die Menschen auf ihm gebildet haben, sogar die Tauben und der Wind, die Straßenmusiker. Es ist ganz ruhig und gerade hier. Rot-weiß gestreifte Elemente bilden Absperrungen, die Polizei steht im Karree, die Bürgerwehr, und alle starren starr nach vorne auf die Bühne.</u>

Die Barbara ist heim, und ich versteh das gut, aber ich *kann* nicht. Noch nicht. Auf dem Podium halten sich drei Mitglieder der Partei so aufrecht wie möglich, eine Frau älteren, zwei Männer jüngeren Datums. Ich kann mich erinnern, welchen Parteien sie früher angehört haben, zwei Parteien, die sich gedanklich so nah waren, dass sie eines Tages beschlossen haben, zu verschmelzen, die große fette mit der leicht zerlumpten kleinen. Dazu kamen noch ein paar überraschende Neuzugänge, und fertig war ein waberndes Konstrukt, von dem niemand geglaubt hat, dass es überlebensfähig sei. Das ist es aber, es ist pumperlgsund. Den Rednern fliegt das Stirnhaar in die Höhe, so heftig stoßen sie die Worte hervor, *Liebe Bürger, liebe Kämpfer, nun wollen wir uns zunächst einmal darüber freuen, dass wir in der Begrüßung nicht mehr den Umweg gehen müssen über die totgegenderte Sprache, sondern uns gleich dem Wesentlichen widmen können: gratis Wurzelpeter für jeden, der noch Greifreflexe hat!* Mit diesen Worten beginnt die Frau, kleine Fläschchen aus dem Korb zu ziehen, der an ihrem Arm hängt. Sie schleudert sie in die Menge, und die schnappt und kippt nach und sie fühlt sich plötzlich agil. Der Himmel ist schon dunkelgrau und die Krähen kreisen tiefer, als ich dich endlich, endlich sehen kann, Johanna. Vielmehr nicht dich, sondern den Rücken deiner Skijacke, das leuchtend gelbe Logo. Du baumelst an einem Metallträger neben der Bühne, so weit weg, dass ich dich nur schemenhaft erkennen kann im Gegenlicht der Scheinwerfer, deine Schlenkerbewegungen, deinen mühsam unterdrückten Überschwang, das Rudern deiner Beine in der Luft ... Ich weiß, dass du das bist. Wer sollte sonst. Und was wird das? Ich gehe weiter nach vorn, vorbei an kalten Jacken und Atemwolken, die nach Korn und Magensaft und Pfefferminze riechen.

Die vergangenen Ereignisse, sagt das Parteimitglied, *haben gezeigt, dass das Thema Sicherheit in diesem Lande eines ist, das wir immer neu hinterfragen müssen. Wir haben, und das will ich als eine unserer größten Errungenschaften bezeichnen, der Polizei dieses Landes einen kleinen Bruder geschenkt: die Bürgerwehr. Und weil wir jedem Menschen die Chance geben wollen, sich selbst zu verwirklichen, haben wir es auf einen Versuch ankommen lassen: Bei uns durften selbst Frauen die Schönheit der Waffen kennenlernen.* Die Menschen jubeln, und über dem Platz ist der Mond aufgegangen und fragt sich. *Heute sind wir um eine Erfahrung reicher. Im Falle der Charlotte V. ist unser Vertrauen ins Geschlecht der Fruchtbarkeit nicht belohnt worden. Der Unfall, der ihr unterlaufen ist, ist ein Beweis mehr dafür, dass Frauen nicht gemacht sind für gefährliche Tätigkeiten, die wenigstens ein Mindestmaß an Rationalität und Muskelkraft erfordern. Lassen wir die Frauen Frauen sein, weich, tröstlich und ab und zu ein wenig frech, wie kleine Kätzchen. Musen, Mütter, Menschen, die das Leben ein-*

fach ... schöner machen. Ein paar Menschen applaudieren bewegt, und ich stelle mir vor, wie es in dir zugeht, Johanna, nämlich ziemlich gewitterig ob all diesen Blödsinns. Ich lege den Kopf in den Nacken und sehe in den Himmel, an der Bronzestatue vorbei, hinüber zur Fassade des *Best Eastern*, auf dessen angestrahltem Dach die Scharfschützen auf und ab springen, um sich warm zu halten. Ein weißer Streifen erscheint plötzlich am Himmel, er zieht sich über das Pechschwarz wie der Schweif einer Rakete. Vornweg leuchtet etwas Helles, das quer übers Firmament reißt. Niemand schaut nach oben, nur du. Du siehst zufrieden aus. Der Politiker hat sich unterdessen ebenfalls einen Schnaps in den Mund geschüttet und verkündet jetzt Maßnahmen, um derlei künftig zu verhindern, also angeschossene Menschen in U-Bahn-Stationen, und erst jetzt wird mir klar, dass er von mir spricht. Ich ducke mich weg hinter die Lederjacke eines engagierten Mitbürgers, damit sie mich nicht als Anschauungsmaterial auf diese Bühne ziehen.

Wir müssen uns der Frage stellen, sagt der Mann gerade, *inwieweit Frauen durch ihre Berufstätigkeit überhaupt von ihrer wichtigsten Aufgabe abgehalten werden sollen, von dem natürlichen Zustand der Trächtigkeit, jaja, ich weiß, das Feministinnengeschwader wird mich nun gleich –*

Plötzlich zerspringt der helle Punkt in zwei Teile, die stürzen links und rechts ins Nichts. In diesem Moment bricht der Ton ab. Und du bist vom Metallträger verschwunden und ein dickes, schwarzes Kabel weht im Wind, verloren, durchteilt von einem sehr, sehr scharfen Messer oder sehr kräftigen Zähnen oder vielleicht auch einem gigantischen Grant, DEINEM GRANT NÄMLICH, denke ich laut, DEINEM GRANT, JOHANNA. Ich beginne laut zu applaudieren, und ich muss furchtbar lachen, denn die verstörten Mienen dieser Parteimanschgerl machen mich ganz sagenhaft froh. Worte steigen aus den kalten Köpfen der Umstehenden, *Krawallmacher* und *durchgreifen* und *üble Rabauken*, und dann langen sie doch nur nach dem Schnaps und schimpfen auf die Nichtqualität des marmorierten Schweinesteaks bei Netto oder die Parkplatzgebühr oder die zertretenen Raketenreste oder die Ungerechtigkeit im Allgemeinen und schunkeln nach Hause. Der helle Streifen am Himmel ist jetzt ganz zerflossen, zerteilt in streichholzfeine Partikel, die keiner mehr bemerkt.

Und die Bürgerwehr schwärmt aus und Strudel entstehen. Wirbel. Konfusionen. Das ganze Chaos halt, für das ich diesen Platz so schätze. Dass sie dich kriegen könnten, befürchte ich nicht zwei Sekunden lang.

Charlotte

<u>Als ich aufwache, denke ich als Allererstes daran, was ich schon bei den Pfadfindern gelernt habe: Die Morgenstunden sind die kältesten der Nacht.</u>

Durch das Oberlicht des Schuppens fließt das erste Tageslicht, und meine Wirbelsäule fühlt sich nicht optimal an. Sie ist stocksteif und rostig, und mein Gesicht ist eiskalt.

Mitsamt meines Schlafsacks erhebe ich mich. Wie eine fette, gepolsterte Raupe stehe ich an der Tür, öffne sie, spähe hinaus, kontrolliere die Lage. Die Sonne scheint, zum ersten Mal seit Langem. Der Himmel rötet sich, spannt sich auf, als müsste er sich strecken nach all den finsteren Tagen. Überall Schotter, zerplatztes Glas, dunkel schimmernde Pfützen, die sich über den Asphalt ziehen wie die Torfseen in den Brandenburger Wäldern, durch die die Ringelnattern kaum hörbar mäandern, tief tauchen, um Kinderbeine streichen, die von der Luftmatratze in das pulverschwarze Wasser hängen. Ich denke an Ausflüge mit Onkel Gabriel. Brandenburger Demse. Die Welt eingelegt in Tran und Schweiß, schlafverpappte Lider nach der Mittagsruhe, den Geruch von Kiefernnadeln; ein Sandpfad, der heiß glüht wie schmelzendes Glas und mir die Sohlen verbrennt, und ich weiß, das ist gut, denn das gibt extra Hornhaut. *Je mehr, desto bes-*

ser, sagt Onkel Gabriel. Rinnendes Harz, knackende Zapfen, und manchmal rauscht ein Flugzeug, landet träge, versinkt im fließenden Asphalt der Truppenübungsplätze, auf denen wir vorher Tante Lieses mit Fliegen bedeckten Erdbeerkuchen abgegeben haben, zum Tag der offenen Tür. Gewiss wäre Onkel Gabriel zufrieden mit mir, wie ich hier mitten im Januar auf dem kalten Boden schlafe, ohne zu jammern. Draußen ist keiner zu sehen, nur ganz in der Ferne spielt ein Klarinettenorchester *Am Brunnen vor dem Tore*, aber mein Instinkt sagt mir, dass das eine kleine Halluzination ist. Unangenehm, aber auszuhalten. Und dann aber doch nicht, und ich schlage die Tür sehr heftig wieder zu und verriegele sie mit Tonis Fahrradschloss.

Auf die Dauer muss ich darüber nachdenken, noch tiefer abzutauchen, nur mit Charlie selbstverständlich. Wien wäre eine Option. Ich klappe die Mülltonnen auf, man kann nie wissen, wer sich wo versteckt. Gut möglich, dass Moni mir auf den Fersen ist, sie hätte ja allen Grund. Aber in Tonne eins ist bloß Biomüll, verrottende Karotten, und in Tonne zwei gar nichts. Das heißt, dass ich mich im Fall der Fälle hineinhocken und verschiedene Dinge darin erledigen könnte. Ich setze mich samt Thermoschlafsack auf den Plastikstuhl, stelle die Füße auf dem Bierkasten ab und betrachte die halb nackte Frau an der Wand, die in einem Martiniglas sitzt, die Beine über die Glaskante gestreckt. Auch das könnte ein Zeichen sein, aber ich weiß gerade nicht, wofür. Charlie hat mir Proviant eingepackt, er hat an H-Milch gedacht und an Müsli, an einen Löffel leider nicht. Das geht aber auch so, ich schütte alles direkt in meinen Mund. Weil es schon einmal da ist, öffne ich gleich das erste Bier, und wie ich da so sitze und eine angenehme Wärme sich ausbreitet, so ein lichtes Gefühl im Hirn und dieser Nebel, hinter dem die Bürgerwehr verschwindet, die schlechten Neuigkeiten und Strapazen der vergangenen Tage, da denke ich, dass es Schlimmeres gibt, als in einem Tonnenschuppen zu leben. Ich überprüfe noch einmal das Radschloss an der Tür, den Biervorrat im Kasten. Ich schalte mein Telefon aus, damit niemand mich ortet, und dann schenke ich mir selbst eine liebevolle Umarmung. Ich habe, fürs Erste, alles im Griff.

Charlie

<u>Eigentlich ist es nicht so schön, schon wieder arbeiten zu müssen, noch dazu ganz übernächtigt und bei minus sieben Grad. Aber in diesem einen und recht sandigen Sonderfall bin ich Alf und Ante ganz ehrlich dankbar, denn:</u>

Ich musste raus aus der Stadt, ein bisschen Abstand bekommen zu dieser Nacht im Revier, dem stundenlangen Warten in einer Kammer, in der es nichts gab, nur die Broschüren der Partei und eine Kamera hoch oben in der Ecke, und eine große Ungewissheit, ein Hin- und Herkippen zwischen Gleichbinichraus und Hierkommichniemehrraus, und dann, kurz bevor ich dachte, man hätte mich einfach vergessen, streckte jemand den Kopf in die Kammer und sagte, *Du bleibst heute Nacht hier.* Und dann all die Fragen, zum Label, zu Ante und Alf, mir wurden Fotos gezeigt, auf denen ich zu sehen bin, *Wer sind diese Personen neben dir?*, hieß es dann, *Und wer sind diese und diese und diese?*

Aber ich habe nichts verraten, ich habe dichtgehalten, wie manche Milchtüten das nun mal ihr Leben lang können. Und viele Stunden später durfte ich gehen, hinaus in einen kalten Morgen, zwischen patrouillierenden Bürgerwehrlern hindurch, hinein in einen viel zu lauten Tag. Kurz war ich bei Charlotte, die gar nicht mitbekommen hatte, dass ich weg war. Sie hatte einen starken paranoiden Schub, so würde ich das jedenfalls bezeichnen, also, der panische Grundmodus hält scheinbar weiter an. Vorerst wird sie den Schuppen wohl nicht verlassen, und wir haben gerade lang darüber diskutiert, wie es nun weitergehen könnte mit ihr, da hat das Telefon geläutet, ein atemloser Alf in der Leitung, *Hey, unser Charlie, wir brauchen noch einen Mann für den Wüstendreh, sag, dass du dabei bist!* Charlotte hat wieder versucht, mich zum Bleiben zu überreden, aber nachdem ich ihr noch einmal das Mistelpräparat gespritzt und das Lametta aus Burschis Set über der Tür befestigt hatte, damit sie es ein bisschen gemütlicher hat, bin ich gegangen.

Nun marschieren wir einen Fußweg entlang, der von feinen Splittern übersät ist, Steinen, Keramik, armlangen Stücken von Stacheldraht. Der Himmel ist von fahlem, wolkenlosem Löschpapierblau, das die Dunkelheit Stück für Stück aufsaugt und sich in einem gigantomanischen Bogen über die riesige, rissige Sandsteppe spannt, durch die wir all die Kostbarkeiten schleppen, die *Kraftausdruck* für seinen Dreh geordert hat. Wir prozessionieren durch ein ehemaliges Truppenübungsgebiet und folgen den riesigen korallenroten Leuchtbuchstaben, die das Drehteam am anderen Ende der Wüste bereits in den Boden gerammt hat, ein K und A für *Kraftausdruck*, und die strahlen uns jetzt entgegen und weisen uns quasi den Weg.

Aus der Erde drückt sich rostrotes, vertrocknetes Gras und ab und zu ein kahler Strauch, der unmotiviert im Wind schlackert und schwankt; gelbes, drahtiges Kraut. *Wir bewegen uns tendenziell am Rande der Legalität!*, hat Ante gesagt, und seine Stimme hat sachte gekiekst; seit ein paar Jahren ist es verboten, ehemalige Truppenübungsplätze umzunutzen, sie sollen ein Ort der Andacht und der Heimatliebe sein und hedonistischen Veranstaltungen oder ähnlich wüstem Treiben keine Plattform bieten, außerdem weisen uns diverse vergilbte Schilder auf die LEBENSGEFAHR DURCH BLINDGÄNGER hin, die uns hier allenthalben droht, und wir alle gehen damit unterschiedlich um, denn während Ante den Weg niemals verlässt, sogar auf Zehenspitzen tappt, rennt Alf jetzt immer wieder übers Feld, in Schleifen und weiten Spiralen.

Wir haben über Pseudoluchs gesprochen, der sie Hausarrest und eine elektronische Fußfessel verpasst haben, darüber, wie sie nun daheim sitzt und ausgeliefert ist, nichts mehr entscheiden kann, nicht weiß, was passiert, und Ante hat geschworen, dass wir eine Petition starten werden und sie da rausholen, aber dass das so leicht geht, glaube ich leider nicht, nicht wirklich.

Die Munition im Boden ist der Grund dafür, dass wir zu Fuß durch die größte Wüste Deutschlands unterwegs sind. Ante hat beschlossen, dass die Erschütterung durch einen schweren Wagen zu gefährlich wäre, das Risiko nicht tragbar und die Sache nicht wert. Da hinten bei den Leuchtbuchstaben hat sich Kraftausdruck schon mit sämtlichen Kamerafrauen und Assistenten und Visagistinnen versammelt, um alle Requisiten zu verteilen, eventuell doch eine Detonation auszulösen und dann möglichst ohne den Verlust von allzu vielen Gliedmaßen ein epochales Video zu drehen. Der Wind pfeift ziemlich ungebremst, und ich habe Lust, die Arme auszubreiten und einfach abzuheben, ich denke an Liese und wie wir versucht haben, uns gegenseitig zu begreifen, als müssten wir noch mal von vorn anfangen damit, ohne Gabriel und ohne Charlotte, aber als ich gesagt habe, *Komm doch mal zu uns, Liese, dann gehen wir Schawarma essen oder vielleicht sogar auf ein Konzert*, da hat sie nur gesagt, *Dit is mir nichts, mein kleiner Charlie, ich hab gehört, bei euch klauen sie sogar die Pflastersteine und schmeißen damit Polizisten tot.* Das war natürlich massiv demotivierend, aber zugleich hat sie das elende Karl und Karlchen abgelegt, und das ist vielleicht schon mal was.

Oben auf dem Sandhügel warten wir dann auf die Dunkelheit und starren in die letzten magentafarbenen Lichtschlieren über dem Feld. Die Drohne des Maschinenbauers surrt leise durch die Luft, schwenkt aus, dreht sich herum und erfasst die Wüste in all ihrer Weite und Sandigkeit. Die Leuchtbuchstaben gießen ihr Licht über den Raureif, alles schimmert rot; Kraftausdruck und eine Assistentin tanzen wüst um einen Pfahl, der ganz verlassen in der Landschaft steht. Ich greife mir ein Bier aus dem Kasten, setze mich auf eine möglichst minenfreie Stelle und merke, wie innerhalb weniger Sekunden alles anfriert, der Stoff meiner Hose am Gras, meine Haut am Stoff meiner Hose, der Flaschenhals an meiner Zungenspitze. Aber gerade ist das vollkommen egal, und ich hocke still da und reiß die Augen auf und sehe weit über die Wüste hin bis zu dem Kiefernwald ganz hinten. Ich frage mich, ob es hier Wölfe gibt, an diesem Fleck Land, an dem die Menschen eigentlich verboten sind, ob wir sie stören, und ob sie wissen, woran man Blindgänger erkennt, oder ob schon öfter einer dran glauben musste und wie sich das auf die Dynamik des Rudels ausgewirkt hat, ziemlich destabilisierend wahrscheinlich.

In diesem Moment knackt der Lautsprecher. Die Soundanlage springt an, und die ersten Beats brettern über den frostigen Sand, über die Wüste hinweg und in den Himmel hinein, und dann explodiert doch etwas, und ich bilde mir ein, hinten im Wald eine Bewegung zu sehen, ganz viele dunkle, schnelle Schatten, doch es scheint niemanden zu kümmern.

Burschi

<u>Und irgendwann habe ich das Gefühl, wir haben genug gesagt,</u>

genug geredet. Wir sitzen nun seit einer Weile hier in einer Höhle aus Kaffeegeruch, japanischem Gebäck, nassen Mänteln. Verbergen uns vor der Bürgerwehr, der kriechenden Kälte. Schwanken auf den hohen Hockern, die an dem schmalen, rot gelackten Tresen stehen, der direkt an der Glasfront hängt. Zwischen uns liegt eine Zeitung, ganz zerwühlt, aber ich habe lange nicht mehr umgeblättert.

Wir hängen unseren Gedanken nach, ich deinen, du meinen. Das geht. Haben die beschlagene Scheibe freigewischt und sehen hinaus auf die Straße, die Lichter, den Hochnebel, der über allen Häusern steht und ihnen die Köpfe abbeißt. Schauen auf Leuchtschriften wie *Kokosnüsse erfrischend* und *Spätschop* und *Herzlichen Willkommen*. Am Nebentisch sitzt eine junge Mutter mit ihren zwei Kindern. Sie schilt das jüngere, als es an ihren Haaren zieht, und sagt *Au, Miracle-Friedrich, au*, während sie uns Blicke zuwirft, die misstrauisch sind und unverhohlen und so, als wüsste sie, dass wir unaussprechliche Dinge im Schilde führen.

Da spüre ich deine Hand auf meinem Bein. Wie sie langsam nach oben wandert, hoch zu meiner, wie sie sich über den Stoff tastet, ungewöhnlich vorsichtig für deine Verhältnisse. Ich warte ab. Und wir sagen nur mehr ein Wort pro Geste, einen Satz pro Bewegung. Unsere Fingerkuppen treffen aufeinander, die Hände packen sich. Und ich hebe meine Hand, zusammen mit deiner, unter der Tischplatte hervor, ich lege sie ab, neben die Tassen, mitten auf den Artikel über diverse Meteoriten, die schon seit gestern unterwegs sind und deren Folgen man nicht absehen kann. Von zerspringenden Scheiben ist die Rede, von Veränderungen der Landschaft, einer schäumenden Ostsee, möglicherweise. Dass sie aus der Ferne klein wirkten, ganz unbedeutend, und darum in den Nachrichten nicht erwähnt worden seien, um die Bevölkerung nicht unnötig zu verunsichern. Dass einer aber vielleicht doch etwas größer sei als gedacht, die Größe eines achtstöckigen Plattenbaus habe, in etwa. Noch fliegt er offenbar. *Ich habe gestern einen gesehen*, sage ich, *zumindest glaube ich das*, aber du schaust mich nur an, als hätte ich wieder einmal keine Ahnung. *Von wegen Meteorit* ist alles, was du sagst, und weil ich dich mittlerweile kenne, zumindest ein bisschen, weiß ich, dass es keinen Sinn hat, nachzufragen. Aber auch gar keinen. Unsere Hände liegen immer noch da, und sie sehen gut aus zusammen, die Finger ineinander verwoben wie Schlingpflanzen. Die Passantinnen, die an der Fensterscheibe vorbeiwehen, können sie sehen, die Kellnerin, die schon seit einer halben Stunde an der längsten Nachricht der Welt schreibt und sie wieder nicht abschicken wird; die Kinder der Frau, die große Augen machen ob dieses sittenwidrigen Events.

Du beißt in dein drittes Laugengebäck und lachst, worüber auch immer. Vielleicht über mich, aber das macht mir nichts aus. Ich lege mein Gesicht in deinen Nacken, der Kragen deiner

Skijacke an meinem Kinn. Und du riechst immer noch nach Schwarzpulver, nach schattigen Orten; nach langsam entstehendem Aufruhr.